莫测的云

姜玉 著

中国金融出版社

责任编辑：仲　垣　张黎黎
责任校对：刘　明
责任印制：裴　刚

图书在版编目（CIP）数据

莫测的云（Moce de Yun）/姜玉著 . —北京：中国金融出版社，2014.10
ISBN 978 - 7 - 5049 - 7602 - 4

Ⅰ.①莫…　Ⅱ.①姜…　Ⅲ.①随笔—作品集—中国—当代②诗集—中国—当代　Ⅳ.①I217.2

中国版本图书馆 CIP 数据核字（2014）第 165313 号

出版
发行　中国金融出版社
社址　北京市丰台区益泽路 2 号
市场开发部　（010）63266347，63805472，63439533（传真）
网 上 书 店　http://www.chinafph.com
　　　　　　　（010）63286832，63365686（传真）
读者服务部　（010）66070833，62568380
邮编　100071
经销　新华书店
印刷　北京七彩京通数码快印有限公司
尺寸　140 毫米 × 203 毫米
印张　7.625
字数　210 千
版次　2014 年 10 月第 1 版
印次　2014 年 10 月第 1 次印刷
定价　28.00 元
ISBN 978 - 7 - 5049 - 7602 - 4/F. 7162
如出现印装错误本社负责调换　联系电话（010）63263947

自　序

我一直对云有一种好奇，因为她会传递出各种各样的讯息——有欣喜的也有悲伤的，有明净的也有晦暗的，有和暖的也有凛冽的。她的背后，可能是阳光，也可能是阴雨；可能是晴空如洗，也可能是雷电交加；可能是引人无限遐想的碧海苍穹，也可能是令人不寒而栗的万丈深渊。貌似绝情却又扑怀而来，不忍离去却又渐行渐远。

云，正因为莫测，所以引力就大，时不时地叫人去留意她，观察她，揣摩她，专情于她。可是，她多变，总不给你一个定式，笑脸刚才还灿烂得叫你忘形，转瞬就乌云密布地漫将过来叫你无措。前一分钟眼看就暴风骤雨了，可后一分钟云罅处又有笑靥嬉然，仿佛粉拳落在背上。

那一片或薄或厚、或规则或奇状的云，不知下一刻是什么状态，是聚在一起、兴风作浪，还是悠悠几许，了无踪迹，是波澜壮阔、浩浩荡荡，还是匆匆逃窜、一泻千里，是如天边重抹的腮红，还是眼前轻垂的刘海，是悟空脚下的祥瑞，还是魔女头上的黑团。有时像游手好闲的浪荡公子，有时又像负犁垂汗的农夫。云的变化，真就是瞬间的事儿，刚刚还是直直的一柱擎天，可等你回神再一抬头，她已是歪歪地变成了斜塔；你开车进院的时候，还是云蒸霞蔚、晚照正酣，可等你停完车再去看，已是灰鸦落木、群羊归圈了；你刚刚看到的厚重大朵，层峦叠嶂地拥在树头，待你回身找来相机，她已经像尚还顽皮的少妇，将一头卷发伸到莲蓬花洒下面，马上就青丝乱抹了。云的前世是雾，云的来生是水，不管是雾还是水，都一样藏着润和洁的魂。云可以变成借风飞扬的冬雪，也可以化作轻飘漫洒的春雨；云，就是情人，半掩多变，令人着迷，古今的诗人墨客，以云为题的佳作、感怀，举不胜举。

人生也是一样，未来是什么模样，是坦途，还是坎坷，是贫穷，还是富有，是显贵，还是草根，谁也说不准。正因为说不准，人们才努力。哪个家长不望子成龙、望女成凤，哪个少年不希望出人头地、大富大贵。可现实中又有几个声名显赫、扬名立万的。谁要说哪个权贵、哪个富豪，从小就看出来了，那岂不是要被奉若神仙，令人顶礼膜拜吗？

所以说，人生如云，无常、不定，不知飘向哪里。云莫测，人生亦莫测。虽然从这个世界到那个世界人人平等，但其间的吉祥灾祸的确又世事无常。

这本书里放了一些插图，插图多数是与云有关的。取景不是名山大川，器械也不是"长枪大炮"，手法更谈不上专业娴熟，多半是用手机在房前屋后、野外河渡，包括上下班的路上，随意、随性而为。不过还好，自己喜欢，没有那么高的要求，也不奢望大家看了之后，对我的摄影水平有多高的评价，只关注其中的文字就好。

时至今日，自己的人生路已经走过了半途。其间经历过一些，打磨了一些，思考了一些。对人、对事，有认识，有思考，有领悟。职场中历练、体味、揣摩，个中滋味也咂摸一二。一路走来，对周围的人，能从感谢、感恩的角度去考量。曾经对自己不好的人，现在想来，尽管心里不爽，但还是要感谢。

高中毕业，能够从农村走出来，一是感谢高考制度的恢复，二是感谢父母的支持，三是感谢不给我在农村以活路的两个人。记得，在大队招拖拉机手和民办教师的两次考试中，我的成绩都是遥遥领先的，可不管我的成绩多么高，他们就是不让我上，霸道得都不屑找一个冠冕堂皇的理由，曰："不服，随你找什么地方去告。"那个时候，确实人微言轻，求告无门。还有一次，县广播站到公社（现在叫"乡"）召开通讯员会议，指名叫我参加，因为之前县广播站采用了我的两篇短文。会议通知下到了大队，也通知了我本人，可到了临行的那天早晨，我被告知，不能参加会议，否则后果自负。

这样的不善之举，给了我很大的困惑和屈辱，但同时也给了我很大的动力。它让我意识到一旦机会来了，就必须抓住。那个时候，全仗着那股劲——牛一样的蛮劲，执拗地从沼泽里拔出脚。高考之后，虽然心里有了几分把握，但还是惴惴的，因为我根本就不知道什么是金融，居然稀里糊涂地报了吉林财贸学院的金融系。不过也没管那么许多，只要能够走出来，就是挣脱，就是逃离。待拿到通知书的那一刻，还是长长地出了一口气。接下来的一段时间里，有趣的是居然陆续有上门提亲的，包括之前我中意人家却没得到同意的。还别说，要不是我们家"老头儿"不同意，说不定还真有戏。真是人间世道，环球同此凉热呀。

你说说，从农村走出来，不恢复高考不成，父母不支持不行，或者那两个头头儿给我点儿活路，叫我在农村顺顺当当地教书或开个拖拉机，娶妻生子过农村的日子，也就没有今天的我了。这难道不是"今生多变幻"吗？当年谁料到我能从农村拔出脚来？反正我妈没有料到。

生活中有阳光，也有风雨，有鲜花，也有毒刺，有顺流的水，也有逆向的风。这次收录在书里的是近几年我对生活观察思考感悟的碎片。开始并没有付梓的打算，只是把自己的所思所想记录下来。落在纸面上的，有貌似深刻的，有嬉皮笑脸的；有叩问良心的，有讥讽怒骂的；有针砭时弊的，有感念家人朋友的。文体基本是随笔、散文和少量的诗歌。体量上有的稍微长一点，有的就是一两句话，总之是有感而发。后来，这些碎片越来越多，想法也就有了改变——如果将手头感悟变成铅字，好像对自己也是一个交代，日后拿出来翻翻，或许能把自己牵带着回到过往，感叹一下时光流逝、物是人非，帮着打发时日，也不失为一个选择。万一有什么人不小心看到了，能从中有点什么启示和借鉴，也算是做了一件于人有益的事。

这本书也可以叫"微言集"，一是"人微"，我既不是达官显贵，也不是名人大家；二是"言微"，书中的文章都很短，十句八句，三言两语。开始曾随手写"小语"两个字，后觉不妥，因有诸多名人"小语"在先，如此缀名，恐有攀附之嫌、不自量力之虞。不论怎么说，这本书就是平民百姓的一点感想而已。

这本书能够变成铅字，还要感谢妻的帮助。她的文笔比我好，只是不像我这么"渗不住"，不轻易出手。她就像领导一样，我写这些东西，都是经过她把关的。不管是文字方面、体例方面，还是观点方面，她都提出了许多有价值的意见和建议，我从心里感谢她。这种感谢，已经彩排了许多次。或是家中对饮，或是逸园小酌；或是庙堂微语，或是陌上高歌；或是厅里捶背，或是树下厮磨……感谢的话不想说得太多，多了恐有虚妄味道。在这里，去往右眉角的手举起来了，送敬意的目光递过去了。在酒杯相碰的清脆声中，把感谢浸到心底，让酒香飘向空际。

2014 年 3 月 18 日

目　录

家之温暖

人生之旅

心之修炼

职场沉浮

家温之暖

闲言碎语（一）

守望的距离最远，等待的时间最长。倚门望，望门等，门里门外都在心扉之间。

夏季的天气再突变，也氤氲着暖；父母的责骂再严厉，也充满着爱。

贴心贴肺的感情，往往不用语言来表达。

有时奉茶十次的，反倒不如探望一眼；丰厚的资助，可能不如羞涩的解囊；惊喜常来自意料之外，意料之中所得的唯满足而已。

婚姻就像一个精美的瓷器，经点风雨，有点小磕小碰没事，一旦出现裂痕，要想完全复原是不可能的，其裂痕只能是越来越大，越来越深，直至粉碎。

爱情，大多随着距离的拉开而疏远，随着时间的推移而褪色，随着磨难的持续而变质，余下寥寥无几的那一点，才是绝唱。

沉默不唯是金子，有时也是枪弹，它常常出现在冷战里、较量中，伤人也伤己。

沉默不唯是金子，也是利刃，对峙中，蔑视的目光，闪着寒意，刺向对手。

对幸福的理解：够花的钱，够暖的家，够棒的身体，够朋友的知己。

美，可以瞬间产生。情，必须经久才行。

悲伤与喜悦具有同样的属性，不管有多么浓烈，随着时间的流逝，都会慢慢地被稀释，被淡化，直至无痕。

有时，好客、讲究、豪爽，也是心灵没有安顿好的表现。

我这个人

我，出身农村，是七个兄妹当中的老四，老婆戏称我是承上启下，担当点事儿也是正常的。本人自认为性格耿介，心地善良，偶有脾气，甚至暴戾。

我这个人另有个特点就是慢热。不像有的人，到了一个新的环境，很快就能融入其中，跟周围的人，尤其是跟"有用"的人，刚刚见面就相谈甚欢，没几天甚至就相见恨晚一般，又过几日，已然登堂入室，成了人家的常客了。我则正好相反，不爱见领导，反倒常有躲着的意思。有时候，对有的事、有的人，经过了半年，也还没有热起来，对方越有权有势，我越是如此。这情形的确叫人诧异，但自己倒不觉得不妥，反而很乐得做自己的事，吃自己的饭，难得心静，烦恼的事儿也就没那么多。时间长了，倒也结交几个知心的朋友。

有人说我这个人老实巴交，有人评价我是老奸巨猾，也有人说我成熟稳重，老婆则戏言我是"貌似忠厚，内藏奸诈"——这些评价，是我又不完全是我。每个人都具有多面性，只是在不同的时间、不同的情景下会展示不同的侧面而已。但诚实善良应该是我的主基调吧。

我这个人话少，不管是自己、家里人还是身边的朋友同事，都能感觉到这一点。但同时也有人说，老姜不说则已，偶有言论常能语惊四座。这么写是不是有自夸的嫌疑？

我这个人反应慢。人家都表演半天了，自己还云里雾里被人家带着往前走，不知脚下已有陷阱，待"嗵"的掉进之后一痛，才终于明白过来：哦，原来他的用意在这里！不过从此就反应快了。对于这种类型的人，我就绝不会第二次上当。他一开口，一投足，我都知道他要干嘛。老婆说的"内藏奸诈"是不是就在这里呢？也未可知。

我这个人易被感动。五十多快奔六十了，还常常被身边的人和事感动着。一些作品，包括荧屏上的情节，看到煽情的地方，也有唏嘘不禁的时候。那几经隐忍还要掉下来的泪水，叫自己慌乱，叫自己感到有些丢脸。但同时也有点庆幸，庆幸自己有些东西还没有麻木，有些东西还没有泯灭，有些东西还没有丧失。

有道是头凉脚暖才能保持健康，可工作和生活中的我却不能持久恒定，还偶有错位情景，即脑袋比脚热，脚丫子比头冷。遇有不平事，不说火冒三丈，也足有两丈多，且肯定是语变调，脸变形，说出的话不考虑后果，必然伤到某些人，搞坏了本来你好、我好、大家好的氛围。可自己要是真的能够冷静应对，轻言细语，纵横捭阖，游刃有余，那还是不是姜玉这个活生生的人？不唯周围的人不认识我，连自己都要对着镜子打量三天三夜了。

也有人说我幽默，其实倒不如说是沉默更恰当。热闹的场面常常见不到我，倒不是自己多么排斥这样的场面，而是自己融入这样的氛围有些困难。热闹的话题待你插进嘴去，人家已经翻篇儿了，连下一个章节都已经进行了大半。所以还不如静静地做一个旁观者，观察他们的表达、表现，还有表演，而且不用买票，何乐而不为呢？遇到有趣的地方，还可以在心里窃笑一下。待到别人征求我的意见时，自己已经过了一番过滤和思考，所以，见解还真的像模像样，说出的话往往也就有点儿分量，常常被人归类到深刻里。

我这个人，不喜欢走近领导，本来他昨天不是领导的时候，我们还是朋友，今天他是领导了，咱就不能再跟人家大大咧咧地称兄道弟了。因为，领导就是领导，领导需要距离，需要架势，就是那个所谓的"范儿"吧。咱自个儿也需要个脸儿，走得太近，有人说你巴结、贴呼，就不好了。

　　我这个人，不太懂事，还有点儿脾气。即便来自领导的批评，我也要分辨个是非曲直，没有做的坚决不肯认下来，所以，一般不得领导待见。除非时间久了，经历的事情多了，我这个人究竟是个什么人被认透了，可能才会好些。因为不屈从，也付出一些代价。不过还好，老婆不批评，自己无所谓。爱咋着咋着吧，只要问心无愧。

妻的方向感

妻的方向感很特别，特别得叫人晕头转向。前几天去海淀剧院看电影《让子弹飞》，考虑到该电影刚刚上映，可能人比较多，所以白天她提前过去买票，晚上我下班接她直接过去。下午她通知我说票已买好，在家等我。冬天的北京，晚上六点钟天已经全黑了。在营慧寺站接上她，她说白天走的是北四环，好走，意在指挥我走四环，我说走紫竹院路拐上中关村大街可能近一些，这样边走边讨论车子已经上了紫竹院路。当驶入中关村大街时，向北走了一段儿情况发生了，她说往里变道，前边路口左转便是，言之凿凿，我虽有疑虑但也不得不信，因为白天人家刚刚过过。在后边车辆的灯闪和滴声中变到了里道，但当我刚要左转时她说不对了，应在下一个路口，我顾不得责怪她，又在后车不满的灯闪和滴声中插入了直行道。快到下一个路口时我说："我怎么觉得电影院在路东的一个街角上呢？"她说："不对，白天出租就把我送到那个角。"边说边用手指向左侧路西。我顺着她指的方向也没有看见电影院，车子只能继续往前走。在车子的走走停停中我发现电影院就在下一个路口的东北角（右侧）。我说："你看那是什么？"她马上给你一个迷惘的样子："唉，白天出租明明把我送到那个角，怎么会这样？"

后来我总结了一下：她自己来的时候是白天，自北边来，行走的路线是西侧，而跟我走的时候刚好相反。所以，她颠倒了东西，颠倒了南北，颠倒了黑白，也就颠倒了是非。不过平时工作和生活中可不这样，千万类推不得。

这之前也有过将东四环说成是西四环，明明应该往东她叫你往西的时候……反正还是见怪不怪的好，平常心，平常心……

妻的语录

前两天去山姆超市回来的路上，车子往西四环北向盘桥的时候妻发现了一个情况："哎，那条道什么时候开的，我怎么不知道？一辆车也没有。"我顺着她指的方向一看，差点没笑晕，原来那是一条冰封了的河——金沟河。我说："你再好好看看，那是路吗？明明是条河！北京的路要是那样，还叫北京吗？还治什么堵呀？"她一看也笑了。不过，我一边开车一边瞥了她一眼，脸儿还真没红。心理素质那叫一个好！

还有一些"节目"可聊。比如，在航天桥上看到了孔雀（实际是喜鹊），一次开车去电影院的路上，看到山西 biangbiang 面的招牌，她突然就冒出"瞧那'梆梆面'，这种面怎么吃呀，还不硌掉牙？"

打麻将，刚和了一把就点炮，曰："能挣会花。"是自嘲、想得开，还是心灵受伤的自我慰藉？不得而知。

"麦当劳的油条真好吃。"——还别说，我还真没吃过麦当劳的油条。

"92 号 200 现金加满。"这是一次去加油站她麻利地对加油站的工作人员的指示。当时就把那个人造愣了，又是眨眼又是张嘴，还好她马上意识到了，及时做了一下补充，才不至于让对方傻掉。事后她说是跟我学的，也对，因为我经常对加油员说"92 号现金加满"。对了，还要说一句，那 200 元钱是从我兜里拿出的两张新票通过她的兜变成两张旧票从车窗缝递出的。

昨天同学家装修，她去给"看堆儿"。大早晨没吃饭，就让我开车去送她。走在半路，我感觉空气不对劲，一股股<u>丝丝缕缕</u>的臭味扑将过来。我看了几眼车外边，也没发现味道来源，扭头看看她，顺便问了一句，"你放的吗?"她扑哧就笑了，"哎，我压得很严实呀。"这句话，真叫一个气人哪，屁没把我熏懵，这话却把我气懵。怪不得刚才装得没事似的，原来她寄希望于"压"。绝! 我可是空肚儿哇。

　　晚上接她回来，也是走在路上，正逢晚高峰，车干脆就不动了，突然她把车窗摇了下来，我就奇怪地问："为什么呀? 外边的尾气这么重!"她居然做出无辜的表情说:"我放屁了。"我没办法不笑（这种环境下不适宜笑），"你是认为你的尾气比汽车的尾气毒性大，两害相权取其轻吗?"真是没得说，素质高不服不行。

妻与麻将

谁见过两个人的麻将？谁见过输了钱咬人的？谁见过赢不到钱就把对方掐个紫里豪青？谁见过输了往回要，不给不行的？你们也许没见过，可我见过，或者说是亲身经历过。咬人、掐人的就是妻，被咬、被掐的当然就是我了。说来也是咎由自取，妻的麻将是我教出来的，开始的牌艺不敢恭维，但她愿意玩，越输越玩，缠着你，不玩不行，输多了也不行，怎么个不行法？那就是咬，就是掐，不能躲，没商量。后来我学会了"放水"，就是能和也不和，有和不敢和，因为和了就遭殃，所以就不和。但"放水"也有技巧，不能太明显，太明显也会遭骂，说我侮辱了她的智商。我开始不懂，傻傻的，摸到"宝儿"也打出去，结果可想而知，她不是手嘴并用就是厉言呵斥，后来我学乖了，一看脸色不对，干脆就不听牌（当然这都是术语，看不明白找我妻），从中得出一个结论：麻将使人聪明。现在不同了，妻的麻艺那叫一个精，最近常常赢我，那小脸儿真叫一个灿烂，那小嗑儿也不断：怎么样，服不服？钱像雪片一样地飘过来。不过也还是有意外发生。有天晚上，开始她赢我，后来不知怎么回事，我居然表现不错，差一点就把输的钱捞回来了，最后一把牌我又和了，结果意外发生了，她赖账，不给我钱。说什么，给我钱她就输了，这就奇怪了，还非得她赢，不赢就不行，我这也是凭本事赢的，也不是像她似的生打硬要。我输了这么多天就今天好不容易翻红，她居然赖账！我这犟脾气上来了，冲着她逃跑的方向我就追过去，就在我把她逼到鱼缸附近的时候，她说了一句话差点把我气得背过气去："别把鱼惊着，鱼正要分娩哪。"我哪上那个当啊，就甩过一句："别说鱼分娩，就是你分娩，我也不在乎。"（这是不是有点不仗义?）然后她就用手指着我说"你、你、你……"企图引起闺女的注意，把矛头转向我（我闺女早就见怪不怪了，就当没听见），我哪吃这一套？立刻补上一句："你再分娩我肯定不在乎。"尽管她笑个不停，但我还得坚持原则。教她牌艺也得教牌品哪！要睡觉了，实在不能耗下去了，不给就不给吧。

还有一次，我和的牌跟她和的牌一样，她干脆地说不给钱。我问："凭什么不给钱？"她就说："不给，怎么着吧！"后来听明白了，她的意思是，都和一样的为什么我和她没和，弄得我一时无语，只能是摇头认可（一般都是点头认可吧）。没有办法，还能怎么着？

前几天，又发生了一件事。一场牌下来，我赢的也不多，估计就是200元，她坚持不给钱，在桌子旁边坚持了好一会儿，后来我一不留神，她居然从桌子底下钻到了另一侧，一下子把我惊呆了，这钱还怎么要，大家说绝不绝？

妻的真

妻，越来越率真，越来越天真，越来越童真。她并没有因为经历的多了和年龄的增长，而变得越来越圆滑、市侩，反倒是心如孩童般的纯洁。

她的话经常引起我和女儿的对视与会心的笑。她偶有感觉，便嗔怒地"责问"我们，我俩不能自已地嗤笑着搪塞，企图转移她的注意力。有时她还真的不依不饶，我们躲不过便告诉她原因，她听了之后，便有些不好意思，强词道"那咋的，本来嘛……"

有时我也在想，为什么会这样，从她的成长和经历来看不应该这样。她小的时候家境还可以，有父亲的照顾、祖父的疼爱，基本是生长在温馨的环境当中。但到了稍一懂事，家庭就出现了变故，她过早承担起家庭重任。工作以后，她开始时做教师，之后是银行职员、上市公司财务老总、省级保险公司老总，最后是保险总公司人力资源部老总，这些经历不能说不丰富吧？其间也有挫折，也有逆境，磨炼的机会很多，可就是没有把她磨圆了。没有想好能不能用"出淤泥而不染"来打比方。一个是她经历的环境不能用"淤泥"来比喻，有些过。二是暗比荷花，又有些肉麻，这不应该从老公嘴里说出来。

她现在退休了，好些朋友并没有因为她的退休而疏离，她反而还结识了一些新的真心朋友。这和她待人的真、对人的纯有关吧。

所谓事故，所谓老成，是不是接受这个社会的负面东西多些？所谓的成熟，是不是被污染的结果？

妻与睡眠

妻的睡眠很好，少见的好，一沾枕头就着。从来不挑地方，不挑床。不管寒来暑往，四季更替，都一样。她没有固定的姿势和朝向，但她有一点要求，那就是从来不睡靠窗一侧，因为她说给我一个表现男子汉的机会，并且送给我一个雅号——老挡风。除此以外，只要一躺下不消一两分钟，小呼儿马上就会响起。

妻的觉睡得很沉，一般不受外界影响，说一个稍微典型的例子。毛豆来了以后，因为他是领导，所以脾气比较急，夜里不管是吃得不及时，还是大小便后收拾得不及时，他都会用响彻夜空的嗓门叫嚷着，意在确切地告诉全家人要尽职，否则，就会受到通报批评。这个时候，我一般都会醒，赶紧站在领导的门外，问声"怎么了，要不要帮忙？"这样的请示，即使第一声有点迟疑，有点发怯，可第二声总会有力度的，因为必须把领导的声音盖过去才能达到效果。这样的声音，在寂静的夜里，应该具有一定的穿透性，可这对妻的睡眠没有一点影响。因为当我听领导身边的侍者（他妈妈）说不用帮忙，转身回屋时，妻的小呼儿依然继续着。

妻的觉，不但不受外界影响，更绝的是也不受自己干扰。妻近来的表现似乎有点缺钙，偶有夜间小腿抽筋的时候。一抽筋就会突然地叫起来，同时就会把腿伸给我，我一边给人家揉着，一边抱怨她不正经吃药。可没等我说上两句，那边小呼儿复又响起。这个时候，你无处去诉说、评理，只能对着模糊的窗帘发呆。有时索性打开床头灯（不用担心灯光对她的影响），拿起身边的书，有一搭无一搭地浏览起来。

能睡是福，也是本事，说明人家心理素质好。白天的事情就留在白天，夜晚就应该交给梦乡。有道是白天不懂夜的黑，那黑夜也不能让白天搅得发灰。

学不来，只有羡慕的份。

妻子与逸园

我家京郊有了一个小院儿，取名"逸园"。逸园有正房和厢房，还有不到一百平方米的地可以种菜。妻对它很有感情，当初买的时候就属她的劲头大，装修也是她一手操办，包括设计、施工、监工和验收。住进去以后，她对火炕很是青睐，别说睡上去，就是看着的时候，那幸福的表情也不好描述。不能不说的是，院里可以种菜的那块地不到一百平方米，她指挥种了二十几种蔬菜，包括白菜、菠菜、生菜、黄瓜、豆角、番茄、香菜、水萝卜菜、辣椒、茄子、苦麻菜，还有大葱、毛葱和韭菜。在这样拥挤的情况下还栽了两棵海棠和四棵葡萄。种菜的时候当然是她任技术员，种什么，在哪里种都是她说了算。我是力工，打垄刨坑交给我。技术活，比如点籽之类难度比较高的活，她自然是不能放手。尽管人家生在城里也没下过乡，但那指指点点有模有样！

田间管理也很有一套，把那小苗侍弄得绿莹莹、水汪汪的，看着都喜煞人儿！能吃的时候就更有意思了，她喜欢在逸园招待朋友，除了展示她的绿色成果以外，还显示她的厨艺。忙活得确实开心快乐。

当然，也有失误的时候，但这种失误是工作中的失误，是前进中的失误，是与成绩比非常微小的失误，同时也是没什么了不起的失误——靠墙边的豆角可能是种密了，茂茂盛盛很好看，就是没有几个角儿。她这个人很聪明，眉头一皱计上心来，抄起剪子咔咔一顿狂剪，没一会儿，通风了，透亮了，脸上红扑扑地露出了胜利的笑容，俨然就是一个高超的外科大夫，再复杂的手术那都是一个玩儿！待我忙完别的回头一看半天没合上嘴，那完全像群秃尾巴鸡，丑陋而又可怜。没几天，她手术过的豆角就像霜打了一样，叶黄了，秆蔫了，再没有一个新角儿出现。我一看不好，趁没人的时候急忙连根拔掉了，不然这人可丢大了。不过这点事儿在北京这样的节气还真没事儿，抓紧再种点别的不就结了嘛！还担什么心哪，丢什么丑哇？你说是不是？

逸园是一副良方，对妻的生理和心理都有非常好的疗效。妻现在五十多岁了，正经历生理上的更年期，这段时间对于一个女人来说是一道坎儿，精神状态往往不太稳定。但她的更年期正是我们买房装修入住的时候，她根本无暇顾及自己身体上的反应，就平稳过来了，这几乎算是奇迹。当然，咱也不是随便抹杀人家的个人素质：当时她也恰恰遭遇职场的"陈桥兵变"，有职无权，整个人突然就闲下来了。加上后来的退休，这又是人生的另一个坎儿，人由忙到闲，这个时候的心理落差是非常之大的，一般的人不说扒层皮也要发几次昏哪，可她还是平稳过来了，逸园的功劳不能磨灭。当然，再强调一次，咱不能低估人家的人生境界。

我受妻的影响，也越来越喜欢逸园，一到周五就开始惦记周末的安排了。

这两天，海棠树起虫子了，妻对这事儿非常重视，立刻采取措施：买药水，兑比例，穿长袖，捂口罩，围头巾，戴眼镜，整个一个阿拉伯妇女。架上云梯之后，对着果树一阵狂喷。喷了个满枝头，也喷了我一头，我不能躲也不能藏，得扶梯子，保驾护航。这么一折腾，树上长不长虫子不敢肯定，我的头发上长不长虱子绝对可以肯定。头天喷完她感觉效果不太明显，怀疑是药水的毛病，又去买药的地方咨询，确定药水没有错，只是浓度问题，回来加大浓度重演了一把，我心想她这回总放心消停了吧，结果万万没有想到，第二天她又好说歹说让我开车又拉她从城里回到小院再来一遍，才最终罢休。料想，周末肯定又准备前往探个究竟。

两周后的休息日我们又去了逸园，树上的虫子虽然没有根绝，但也没有泛滥，照例又是一顿水洗药喷，折腾了几个小时。之后就是对其他的蔬菜进行灌溉，朋友却说我家这点菜的成本不低，从城里到逸园的汽车油钱、高速费、浇田的水钱、肥料钱等，粗略一加，还真有一定的数目。不过花钱买高兴，自己高兴，朋友们也高兴。

老爸

老爸86岁了，身体还算硬朗，只不过走路开始小步挪了，再不是两年前偷骑自行车跑县城的时候了。

老爸年轻的时候当过干部。从开始的乡里，到后来的大队，再到后来的小队，都是干部。现在每年还能够领到1800元的党员干部津贴。是什么原因"一步步走了下坡路"呢？按老妈的话说，越干越抽抽。现在想来，不是老爸没有干事的能力，而是缺少溜拍的本事。由于耿直，工作中招致了几个对立面。老爸常常讲他在"文革"时被整的情景：开会时，诬陷他的人，气得手直哆嗦，老半天卷不上烟，老爸接过来，给人家卷上，点着火，递过去，平静而自然，无形中将对方的气势压了下去。每当叙述这件事的时候，老爸还有几分得意。我尽管听了几遍，偷笑的同时，心里依然佩服老爸的气度。自己遇到这样的事是不会气定神闲的，对无中生有的事，早就火冒三丈，一个扁踹果断地飞将过去。

我们兄妹几个长大后都陆续离开了农村。从老爸的言语间，能够感到他内心的骄傲，因为十里八村，还难见到像他这样开明、有成就的"老太爷"。我们兄妹不管哪一个回乡下，用轿车接他去县城或省城时，他乐呵呵的表情里，都显出"舍我其谁"的架势。老爸不但去过国内的大城市，而且还去国外转了几圈，他不时地跟村里的老哥几个聊上那么几句，满足的劲儿毫不掩饰地挂在脸上。

前几年，我们在县城里给老两口买了房子，他笑眯眯地看过了，很满意的样子，但因为老妈难离故地，他也就只好随着老妈留在乡下。

老爸有一段时间特别怕死。那大概是在他七十三四岁的时候，他总是要求去医院，不是这里不对劲，就是那里不舒服，去医院检查过都没有发现什么问题，结果他就自己开方子，乱买药，任谁劝过也不听。不过，最近这几年好多了，我们每每打电话给他，他都说没事、挺好的，不用惦记。反倒是我们开始嘱咐他每年应去通一通血管，防止身体出现大毛病，没想到劝了几遍都不成，每次都是他当时答应好好的，但放下电话就把我们的话当耳边风。几次以后，我们才反应过来，他不过是敷衍而已。既然劝不通，那也就只好随他了。

　　我每周六都要给家里老人打个电话。老妈耳朵背、所以每次都是老爸接听。老爸几次都说，不必每周都打，我能听出他是怕花电话费，但内心还是盼望我打电话回去。这个电话费我可不想省，万一有一天，电话那头无人接听，耳边传来的是空鸣寂寥的声音，岂不后悔揪心。每周的电话，其实我和老爸也没说几句，就是听到了声音便心安了。其间的嘱咐，知道老爸都是口头答应实则敷衍，但我也愿意这么做，聊做安慰吧。我也偶有忘打的时候，突然想起来，就会跟妻说，"糟糕，忘打电话了"，妻一边埋怨一边催促，等歉然地打过去时，不敢直说忘了，总要扯七扯八地解释几句。还好，老爸不太计较。反倒是自己别扭了半天，因为每到约定的时间老爸都会在话机旁边等着，接不到电话，他自会担心起我们来。近来，我明显地感到那边接听电话的时间越来越慢了。约好的八点钟，电话响了半天，几乎快要自动挂断时，方才传来那熟悉的声音。但是，即使这声音再慢，我也希望永远可以听到电话那头的接听。

老娘

老娘已经84岁了，比老爸小两岁，身体还很健康，生活不但能够自理，还时不时地照顾别人。老娘没有上过学，一生只认得自己的名字，从没见她动过笔，但老娘懂得的道理一点都不少，她支持老爸让我们七个孩子陆续离开农村，到外面的世界去打拼。使我们个个有了生活还算不错的今天。

老娘善良，心眼特别好，不管对族里，还是对三亲六故，谁家有个为难着窄的，她能帮得上的，就二话不说，帮不上的，也实心实意地跟着操心。早些年，舅母走得早，舅舅家的表兄妹基本上靠老娘照顾。后来舅舅也走了，她就照顾得更是周到。因为表兄妹不在我家住，所以老娘常常往他们家跑，表兄妹吃穿跟我们没什么两样，直到他们成家立业。近些年，表兄妹不来看她她也没有怨言。后来是照顾姑姑。姑姑智力有点问题，在她自己家里不受待见，老娘就经常叫老爸把姑姑接到我家住上一段时间，好吃好喝，好言好语，伺候得干干净净。现在，又把妹妹的孩子带在身边，80多岁了，每天还要给外孙做饭，看样子做得还很高兴，少吃一顿差样的饭，她都叨咕半天。

老娘独立，固执地独立。一直坚持老两口在乡下住。他们年岁渐渐大了，到了冬天烧炉子，腿脚不太便利，我们便在城里给他们买了房子，可他们说什么不去住，到现在那房子依然空置着。后来我们想想也就不勉强他们了，毕竟年龄大了，适应新环境有很多困难，万一到了城里有个三长两短的，我们后悔都来不及。孝顺，孝顺，"顺"也是一个主要方面。老爸都拗不过她，我们也就只好依了。

因为老娘不到城里住，也不要儿女照顾以及操心，我们兄妹几个也曾跟她发过火。可是发过火之后，我们又都悔得不行。我猜老娘也会很难受，不知所措般的，但只一会儿，就像没事儿似的，招呼我们做这做那，尽管我们都已经五十多岁，但她还是把我们当孩子，会轻易原谅我们。

……

后来，老娘有病，去医院治了一段时间。病情基本好转之后，在大家的一再劝说下，她才同意在县里的房子静养康复。但愿她能安心地待在县城，一旦回乡下，她又不让请保姆，饮食起居诸多事宜自己弄的确困难。

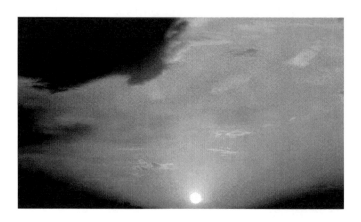

老人不能带孩子

孩子的早期教育非常重要，千万不能因怠于教育而影响孩子一生。现实生活中无数个实例教育我们，孩子不能交给老人带。

老人带孩子和父母带孩子是不同的。不但环境不同，孩子心性成长的路径也不同。在老人面前，孩子撒娇、撒泼、绝食等手段好用，在父母面前则无效。如果孩子长大，在成人的职场里有这样的行为就更可笑，成人的行为总免不了有儿时的映像。

孩子让老人带，多半是要出现问题的。这些问题，既不是孩子的责任，也不是老人的责任，而是为人父母的责任。父母不带孩子，理由固然很多，但再怎么充分的理由还能大过孩子的未来吗？生育，生育，"生了"就要"教育"，负起教育的责任，让孩子不但有健康的身体，更要有健康的心理。孩子具备良好的素质，才能应对未来的各种困难和挑战，从容、快乐地过好自己的人生。

这里所说的"老人"指的是祖辈。隔辈人之间，那种关系很特殊，也很不正常。老人的宠、老人的顺、老人的溺爱，一点原则都没有，这是通常的。由老人抚养的孩子，那个娇、那个逆、那个蛮横、那个霸气，在中国随处可见。

老人对孩子，没有理智，也不能理智。因为老人没有父母的权力，有时理智依附于权力。没见过爷爷奶奶骂孙女、打孙子的，无条件的依从和无原则的满足倒是处处可见。

要是真的打了、骂了，孙子、孙女还没怎么着，爸妈早就不高兴了。那何必呢？一次得罪两个人，弄得里外不是人，既然如此，只有宠，而结果则不言自明。

做父母的 "家长" 之一

父母是我们的家长。我们小的时候，需要依恋父母，长大了，上学了，需要依靠父母，说是依存也可，因为离开父母不行，生存和继续生存基本都不可能。如今父母老了，走路蹒跚了，生活自理出现问题了，我们对他们做了什么？即使有间断的照顾，偶有的探望，其中恐怕也是责任多于爱。

所谓 "老小孩"，"小小孩"，其实都是小孩，老的时候和小的时候有许多地方是相像的。小的时候走路跌跌撞撞，老的时候步履蹒跚；小的时候不谙世事，老的时候懵懵懂懂；小的时候没长几颗牙，老的时候没剩几颗牙；小的时候面对的是陌生世界——害怕，老的时候面对的是孤独的世界——恐慌……刚出生的孩子和行将就木的老人，都同样是满脸的褶皱，这于老人是沧桑岁月的蚀痕，于婴儿则是孕育时光的浸泡。小的时候父母牵着我们的手，在父母老了的今天，我们能不能把他们当做自己的孩子，牵着他们的手呢？

"爱具有下延性"，这是女儿教我的，乍一听觉得新奇，仔细一琢磨还真是那么回事。那这是不是绝对的呢？我们做儿女的能不能反过来，当一当父母的 "家长"，也让爱 "下延" 一下行不行？哪怕有父母对我们的十之一二也好。

从报刊、电台和网络上了解到不少父母为了子女上学，节衣缩食，甚至身染重病也舍不得去医治，因为好不容易借来的那点钱要寄给外地上学的孩子，儿女要是得了重病，做父母的割肝割肾早已不是新闻。但反过来，儿女为了救父母，而去舍命割肝割肾的例子有吗？有，但与前面一种情形相比肯定是不成比例的。那儿女即便不割肝割肾，尽心地照顾一下总还是能够做到的。

我每天晨练的时候（6—8月）都能看到一对父子，父亲穿黄T恤、蓝短裤，寸头，圆脸，一米八以上的个子，粗壮高大。儿子小小的，总是安静地躺在爸爸的臂弯里。我见到的十次有八次儿子是在甜睡的状态。看的次数多了，我就想：孩子是在睡着的时候抱出来，还是抱出来又睡去的呢？为什么不睡在床上，岂不更安稳、更踏实吗？这个想法可能跟那个爸爸想的不一样，因为早晨的户外是凉爽的，即使室内有空调，也不及外面的自然风有益吧。天天如是，我没有见到爸爸的疲态，反倒见他一脸的幸福和享受。可有朝一日，爸爸老了，现在躺在臂弯里的孩子长大成人了，早晨他会推着轮椅陪老爸打瞌睡吗？恐怕不会，哪怕偶有一次，老爸都会感动得不行吧，儿子自己也会感动，因为难得的东西总是显得珍贵。什么时候，儿子陪父亲如父亲抱儿子般成为稀松平常，儿女们就真的成了父母的"家长"了。

我们如何对父母，我们的孩子是会效仿的。好的行为不一定带来好的影响，坏的行为他（她）一定会记在心里，因为照顾父母是一种责任，而推卸责任则是人的本能。所以，到时候儿女不管我们，不理我们，只需用我们的行为堵我们的嘴就足够了。况且，我们可能因为过去不孝的行为张不开那怯生生的求人嘴，只有祈求的眼神、哆嗦的手，也只能扭头蹒跚而去了，自己那孤独的背影儿女也许不会瞟上两秒钟，就转身不见了。

其实，我们现在为父母做的，也是为自己做。不管以后的回报如何，就是现在，起码心里好过些。

我跟爱人说：过去父母是我们的家长，我们是他们的孩子，他们给我们能够给的爱。如今父母老了，为什么我们就不能做他们的"家长"，把他们当成我们的孩子，也"下延"一把爱呢？爱人赞成我的话，她做得也比我好，有她的支持我会更加努力的。

做父母的 "家长" 之二

对待老人，其实就是两点：孝心与责任。前者是情感的东西，后者是社会的东西。如果说没有前者，那么当你因为种种原因而觉得父母对你不好，没有从心底里涌出要孝敬他们的暖流时，起码也会想到他们给了你生命，养你成人，尽一份责任，给予一份回馈，学一学乌鸦反哺总还是可以的吧？你别以为这个世界漠然了，大家谁也不管谁，各扫门前雪（其实尽责任就是扫自己门前的雪）。殊不知大家都在看，每个人的心里都有一杆秤，做得好与坏，三亲六故的，心里倍儿清。即便别人不知道，你的子女也会了然于胸，铭刻心底的。日后你是 "老人" 了，子女也会如法炮制一剂 "药水"，其味道绝不逊于你的手艺，因为青出于蓝嘛。当你啜饮的时候，就会想起当年你的 "杰作" ——你对待自己父母的所作所为。可是时光不能倒转，到了那个时候，想要后悔也来不及了！

所以，现在对于我们的一言一行、好坏对错，先不说社会标准，即使是子女也有自己的标准。晚上躺在床上，这种感觉会更明晰。

嫁女絮语

首先对女儿说：出嫁以后即开始新的生活，那片天地便由你主宰了，耳边少了父母的絮叨，身后多了隐隐关注的目光。前台的我们已经退到了幕后，以往的叮咛也变成了旁白。过往的已经成为过往，任谁都无法拖住时间的腿。女儿大了，有了自己的生活，有了自己的主见，有了自己的今天和未来。让老爸挽着你，将你的手交到另外一个男人的手上。有了这个男人，便有了爱，有了新家，有了依靠和温暖。老爸要放手了，放开你，也放飞你。这种心情在北京"非典"时送你上校车、在你上大学送你上火车时都似曾有过，看来这次是真的了。不过，老爸是高兴地放开手，你飞得再高也不会丢，老爸也不会丢，还记得你四岁的时候将"老爸弄丢"那次吗？今后不会了，肯定不会了，老爸可能会有迷路的时候，但不会丢掉。我会与你妈一起相互搀扶着走我俩余下的路，会平安而快乐的。在今后的日子里，物质方面要知足知止，懂得舍弃，懂得放手。感情方面要心疼丈夫，孝敬公婆，时常打个电话，传递你们的关心。

其次对女婿说：我仿佛走在教堂那庄严的过道上，踏着我一生不曾有过的脚步，郑重地将女儿的手放在你的手心里。平时的处事自我认为是一个大方的人，在金钱的问题上计较得很少，但有时我也是一个吝啬的人，而且十分吝啬，从未想要把如此珍贵的手交付给谁，但今天交给了你，尽管我十分不情愿，但我还是要交。这是人生的必然，更是对你的信任。经过多少个时日、多少个侧面的观察，感觉你是一个值得信任的人（也是出于对女儿眼光和判断力的信任）、一个能够重托的人，这种信任已经到了高于对我自己的信任，相信你会比我做得更好。看得出，你有良好的家庭熏陶，又受过高等教育，加上自身的良好品德，女儿的选择不会有错。我把这无比珍贵的手交给你，希望你握住她，珍视她。蕾蕾是个好孩子，不是当爸爸的这样说，她的确是个好孩子。我不想历数她的优点，诸如品行、聪慧、学识、能力、责任心等。你的了解已经很多了，也无须我说。想必你的择偶标准也是比较高的，否则就不会众里寻她了。

由于基因的影响，蕾蕾继承了我的耿介，这不是自吹，相反我倒有些内疚。按实说，耿介直爽对于一个人来说应该是优点，可现今这个社会它无疑是个缺点。人家都圆滑躲闪，就你直截了当，显得另类，伤人是不可避免的，偶尔还会表现出嫉恶如仇，这种情绪也可能波及家庭生活，类似情况发生之后，她会很快意识到自己的言行不被认同，表现出的情绪也不大适当，只不过不便马上承认罢了，这也是性格的另一种表现吧。这不是她的毛病，纯属我的过错。我现在想改也改变不了她的基因，同时我也改不了。怎么办？这就需要用你的智慧、你的宽容、你的理解，去等待，去开导，去同化。金无足赤，人无完人，白璧微瑕而已。

是不是说多了，那就不说了。我会关注你的一言一行，永远、永远！

女儿四岁的时候，有一天我从幼儿园接她回家。路过商场的时候，我打算进去买点东西，便嘱咐她在商场外边等我。没想到，我在商场的时间长了些，等我出来的时候不见了女儿，当时脑袋嗡的一下，顿时傻了，商场里外找个遍，也不见女儿的踪影，跌跌撞撞地往家赶。待快到家的时候，远远地看见楼下门口聚着好几个人，好像指指点点地说什么，我急忙地窜了过去，看见女儿围在他们当中。我一把抱过女儿，邻居们说：你可回来了，我们问这孩子在这里哭什么，这孩子说把她爸爸丢了。当时我的心情很复杂，高兴、庆幸，隔两条马路她居然能找回家，车来车往的多险，后悔自己太不小心。同时也有些不好意思，这么大的人了，居然叫一个四岁的孩子给丢了。人说三岁看大，自立的一面、自强的一面、责任心的一面可见一斑。

爸爸一天天老了，说不定得了老年痴呆症，哪天真的丢了也未可知。

交出女儿的手

女儿婚礼的时候，有一个程序，就是走过一段红毯，将女儿的手交到女婿的手里。候场的时候，我的心情很平静，仿佛局外人似的，暗想不过就是走个程序罢了。

都说境由心造，而我的体味是心由境造。那样的氛围、那样的音乐、那样的仪式，心不由自主地被带入另外一种境况，随着缓慢的脚步，离廊桥（交手地点）一步步地接近，心情也就一步步变化，渐渐地不能自已，这种反应令自己惶惑又慌乱。明明知道，这交手只是形式，明明知道交给女婿不用担心，但交手的那一刻，终于隐忍不住，眼泪不被控制地落下来。那几步路是有生以来没有走过的路，没有过这样的形象，糟糕得一塌糊涂，至今想来还埋怨自己。几个朋友到现在都刻意回避，猜是怕我不好意思或是再次勾起我那不舍的心境吧。

外表越刚强，内心越脆弱。

当时的心情是悲、是喜还是不舍？恐怕都不是又都是，是混杂和交织的东西控制着和包裹着，叫你不能自主，叫你不能透气。

狼狈逃回席间，妻过来安慰，力图使我平静下来。在羞愧中慢慢掩去方才的狼狈。可随着过程的深入，妻却涕泪滂沱了。因为我的原因，女儿的妆容也毁了不少，但比我表现得要好，在半是泪水半是笑的状态下走完了全程。但据伴娘讲，女儿在补妆间放声大哭，听了这，我内疚得不行。

当主持人宣布婚宴开始，原与亲家商量好的以水代酒的决定，叫妻改变了，她提议喝酒，这个提议居然被我们三个人毫不犹豫地接受了，碰杯之后一饮而尽。人生中这杯酒不能不喝。

现在想来，自己的表现还是情有可原。女儿出嫁就如同鸟的飞走。鸟刚刚离去的窝，虽然还有些温热，但用不了多久，就会冷却，以后鸟儿偶有落脚，不过就是飞翔中的路过。这就是人生，总要派生分别，依存是阶段性的，离开是必然的。放手的不洒脱，是不是可以理解？

毛豆来了

毛豆是我们领导。他来了,一路顺利,顺利得有点意外。他的到来,使我家群龙无首的日子一去不复返。现在,我们家已经形成了四二一的组织架构。为迎接他的到来,我体会到了等待的滋味。虽然时间不长,但等待中那种焦急、不安、期盼是不曾有过的。不过还好,比预期提前传来消息:领导驾临了,跟他虽然素未谋面,也不知性别和性格,但却仿佛神交已久,准确地说是仰慕已久,一听说旅途平安,眼里竟浸满泪水。当意识到自己的失态时,我赶紧用笑来掩饰,恐怕给领导丢面子。

见了面才知道,领导人不大,但架子不小。不是什么人都见,也不是什么时候都让见。就像过去大臣谒见皇上,要先禀报,递折子,还要看看今儿的心情好不好。万一人家叫你进去了,也得给人家递上笑脸,把人家捧在怀里,好言好语地说着小话,人家不烦你,你就乐得不行;要是踹上你几脚,你还得说踹得好,真有劲;要是翻脸了,你就六神无主,手足无措,只能请来救兵,灰头土脸地退下去。什么时候再召见那就说不定了,反正悄悄地一边候着,大气都不能出。

领导虽然有点脾气(哪个领导没脾气呀),但领导也的确有些本事,值得提及的起码有两项:长相和眼神儿。谁看了都说,眉清目秀,表情丰富;在你请示汇报的时候,他的眼神是会给出答案的,或是赞同,或是反对,或是不屑,所有这些都清楚地告诉你,从不绕弯。

领导是核心,也必须是核心。在四二一的结构中,领导是塔尖,俯瞰群臣，发号施令，具体的工作都是下边的事，包括吃喝拉撒。干不好不行，不及时也不行。

领导的本事特别大，常常招来喝彩。打嗝、打挺儿、打喷嚏，还有拉屎、撒尿、吃东西，这些都是本事。他姥姥的，对不起，千万别误会，这不是脏话，我们这个组织有一位成员就叫姥姥。今天早晨，叫"姥姥"的这个人听说领导昨天夜里一泡屎、两泡尿，她居然还鼓掌了。这个社会，善于溜须的人还真能抓住机会。那可是随地大小便哪，咱没鼓掌，说实话不是不想鼓而是没来得及鼓，下次得机灵点儿。

得，领导那边传召了，咱得赶快过去。

毛豆是我外孙子，我是姥爷，不是老爷哦。

头等舱与乘客

自从毛豆的到来，我就被冠以另外的一个称谓——头等舱。之所以叫头等舱是源于一种抱孩子的方式——飞机抱。这种抱法的要点是让孩子趴在大人的臂弯上，大人的两只手分别托住孩子的腹部和护住孩子的腿。目的是让孩子肚子里的嗝气能够顺利地排出，同时也起到暖胃的作用。这种抱法理论上谁都可以做，可为什么独独叫我"头等舱"呢？那是有原因的，比如咱个高，视野好，块头大，给人以安全感，手掌大，让被抱的人舒服而温暖。毛豆一就位，就如同坐在空客A380的头等舱似的，撒欢打挺都没问题。本来还哼哼叽叽的，一来头等舱，不消两分钟，就眉开眼笑，滴溜溜的眼睛开始四处张望了，过会儿，不知是在指导工作还是嘘寒问暖就跟你聊开了。后来肠胃舒服了，不再趴着了，但"头等舱"的称谓却一直延续下来。

既然是头等舱，咱就要有头等舱的范儿，头等舱不同于公务舱，更有别于经济舱。开放的时间是有规定的，不能二十四小时全天营业，不然头等舱的价值就贬损了，所以只是在一早一晚和节假日开放，而且只对毛豆一位旅客服务。因为这个人物身份特殊，不但免费服务，服务时还要走审批流程。比如，你想服务，要看人家是不是正在用膳，是不是正在安寝，诸如此类吧，要是正赶上这些时间，无论你多么诚恳地请示，都不好使，终将被驳回。你再是头等舱，范儿再大，也得一边候着，自己化解无聊尴尬，可以看上几眼电视，或者在床头靠上一会儿，再或者在阳台站一站。会不会调整，会不会找辙就看你自己的本事了。咱也是有文化的人，能够想得开，摆得平（把自己摆平，可不是别的），心理素质还可以，有一定的化解能力。

一旦传令下来，申请得到批准，咱身形矫健，步伐敏捷，几个健步蹿过去，先表现出一个好态度，再好好服务。不过偶有露怯的时候，在别人嘲笑的目光下，低头一看发现鞋穿错了，或者家居服套反了。不过没关系，心理素质已经今非昔比了，做自己的头等舱，叫别人嫉妒吧。

乘客和头等舱的交互为什么那么契合？那是因为双赢。毛豆的舒服、温暖、安全和快乐自不待说，头等舱自己的感觉也十分美好。那肉肉的感觉，随着一步步的移动，仿佛悄然升腾的香缕，慢慢地弥漫着，麻酥酥地传导全身；他的一个眼神、一个表情都会叫你找不到北，他嘟嘴又吐舌，蹙眉又舒展，挥手又放下，哪怕是喷嚏的甩腔儿和哈欠的拖音儿，都会逗得你开心得不行。

毛豆萌的时候比较多，会为你的服务加油鼓劲，但也偶有目光深邃的时候，叫你不知所措。他好像在观察你、琢磨你、考验你，令你心里没底，一个劲儿地检讨自己，是不是哪个地方服务没有到位。从头上检查到脚底，结论是服务是全身心投入的，领导也是应该满意的。自检之后咱就坦然地迎接那审视的目光。来吧，来得更深刻些吧。

头等舱的服务是有期限的。咱虽然知道被冠上"头等舱"的高帽，有套牢的意思，但咱也得审时度势，知道进退。从毛豆出生时的 6 斤，到现在两个半月的 13 斤，头等舱的服务都是没问题的，毛豆再大一些，也许还可勉强尽职，要是到了 30 斤，就该期满退役了吧。何况，那个时候，毛豆可以满地跑了，对头等舱也不留恋了。一个无力，一个不需，好说好商量，别伤和气。到那时，顶多拉着手过过马路什么的，"头等舱"也就转型"保镖"和"司机"了吧。

给毛豆的一封信

毛豆，你来了已经 118 天了。在这 100 多天里，你的变化很大，可以说生长的环境良好，土地肥沃，水分充足，温度适宜，在这样的生态环境下，看你毛茸茸、水灵灵、鼓溜溜，简直是撒了欢儿地猛长。说一天一个样都嫌不妥，那是一回头、一侧身、一转瞬，都有一个新的样子给我们。家里仿佛一个舞台，每天都上演着一幕幕的戏剧，当然作为主角的你，在家人的惊叹和喝彩声中，恣意地舞之蹈之，我们这些配角也极尽能事地配合。你爸爸主要是值夜班，打理你的夜生活；你姥姥值白班，侧重通过妈妈的转换安排你的膳食，还兼职唠嗑（不收费的）；你姥爷是一早一晚打短工的，陪你在屋里视察和到外面参观什么的；你妈妈当然是全天候、无时不刻地小心伺候你，那真是召之即来，来之能战，战之能胜。

我们这些陪侍的，可谓尽心竭力。不过还好，你这个人也算讲究，一天到晚变着法儿地逗我们开心，我们赚个乐也不错。的确，你那一天一变就够我们瞧的了。

昨天和姥姥带你去小区玩儿，姥姥看着你问我，"你还记得毛豆出生的样子吗？"我随口说，"记得，不过就是 100 多天的事情嘛。"姥姥这么问，就是看到你现在的变化之大的感慨吧。其实，姥爷还真不能清晰记得你出生的样子。你就是萌芽状态的小苗，胚芽一天天鼓胀，一天天吐蕾，一天天绽放。给我们的家带来生机、鲜活和馨香。你的变化带给我们的是惊喜，不管是爸爸妈妈，还是姥姥和姥爷，不说是奔走相告你的变化吧，也会及时通报情况，你的变化每每都要引起小小的欢呼。

说到变化，第一就是力量的变化。近来，你可以趴着，双肘可以支撑自己的小身体，不长的脖颈把不小的脑袋挺起来，尽管有些吃力，但你很努力，喘着粗气支撑着，以一个新的角度，观察眼前的一切，包括床、被子以及被子旁边伸过来的笑脸。另外，你可以挪床了——从小床挪到大床上是不经意间的事。

第二个变化就是你一天天的重了。前几天，你妈妈就在微信上披露，你已经15斤8两了，到今天应该超过16斤了吧。从你出生的6斤到现在的16斤，整整长了10斤。这10斤的分量，从胳膊的粗壮和腿的健硕可以明显地反映出来。尤其是两条小腿，一条条因胖而出现的皮纹，摸上去瓷实、舒服。小脚砸到床板上，嗵嗵作响。

第三个变化就是吮手的时间和频率大大减少了。当我们还在为你吮手的习惯而担心的时候，今天早晨发现你已经不怎么经常把小手放在嘴里了。其实，昨天姥爷带你去小区玩的时候已经注意到了，只是没敢确认和贸然发布消息（姥爷是个低调的人），今天早餐又确认了，即刻通告全体。这个消息叫你妈妈再次小小地骄傲了一回。因为在这一点上，她力主无为而治，顺其自然，认为吮手在你这个年龄段儿是正常现象，是自我安慰的表现。其实，我相信，你妈妈很可能早于我们发现了你的变化，但她为了稳妥才没有过早发布消息罢了。你有什么变化能不被妈妈发现呢？

变化是肯定的，一定的，也是惊人的。但有两点没变，一是早晨的欢舞，二是视之有物的眼神。时至今日，早晨仍是你一天最快乐的时光——你别误解，丝毫没有否认你其他时段的好，这里只是侧重谈谈。早晨起来，你睡足了，吃饱了，有体力和精力观察与感受这个外在的世界了，探知和好奇是你的特质，这个世界给你的是新鲜，你给这个世界的是笑脸。当然，有人硬说你的高兴是因为跟姥爷在一起，姥爷也不便把人家顶回去，因为姥爷是个厚道人，给人台阶，给自己坦途，这样的事情也只能勉强接受，较真不得。不过，话说回来，早晨这个时段，你在姥爷怀里、在各屋巡视、在床上运动时，情绪都是非常饱满的。姥爷也随时把你的讯息传递给在家诸位，包括你的语言、手势、姿势，当然还有打嗝放屁之类的，广告之，共享之。

当你安静下来的时候，是另外的一个状态：不哼不哈，定定地看着一处。可能是灯，可能是空调面板，可能是鲜花，可能是窗外的蓝天和云朵，也可能是我们某个人的脸。静静的眼神中，有无尽的语言流出。你虽然没说什么话，但确是在真真切切地交流。姥爷读不太懂，但有一点是清楚的，那就是你在探问，问人、问事、问情感，问这个世间的一切。这样的眼神，姥爷不曾见过，在你同龄的小朋友身上没有发现过。姥爷曾有意识地进行过观察和比较，不管是在小区、公园，还是在马路上、车站旁，只要有小孩的地方，姥爷就伸着脖子去看人家，给人笑脸，和人家搭讪，实际心里在比较。经过十几例的比较，得出的结论是，你就是一个特别的你。这样的结论该不会偏颇吧？该不会是姥爷在比较时的标准掺进了情感因素吧？该不会是衡量的尺子根据需要伸缩长短了吧？按说不好完全排除，但姥爷坚信没有。

你的变化不止这些，比如，现在你比较喜欢竖着抱、两只手可以交互联系、有意识地抓东西、很愿意聊天（一聊就是半个小时），还有就是根据情景的重现做出情绪方面的反应等。总之，你的本事很大，以至于姥姥不叫你王毛豆了，而是叫你王本事。

你来了以后，天天都在变。未来你仍将变化。不久你就会爬、会坐、会站、会走乃至会跑。你会一天天变成阳光帅气的小伙子，像你的名字——王阅行一样，读万卷书，行万里路，在变与不变之间快乐地生活。

爱的下延性

什么是爱的下延？通俗地说就是上一代人爱他的下一代人。仔细地分析研究之后，发现这种现象相当普遍，可以说是真理。

为什么会有这种情况呢？是不是因为孩子从出生开始便是一种解脱、一种逃离，在后来的成长中伴随的是逆反和抗争，为自由而战。而父母生孩子，那是一种创造、一种倾注、一种希望，是血脉的凝塑和传承，是注定的责任和无私的给予。

生和育，对于孩子是被动的，对于父母是主动的。不管是十月怀胎，还是学前的养育，孩子基本上是处在懵懂无知的状态下，他不记得你付出了什么。而父母从孩子的孕育，到童年的培育，以至到少年的教育，都有心血的付出和精力的伴随。点点滴滴、桩桩件件，都刻在了岁月里。

孩子知道感恩父母的时候，多半是他们已为人父母了。父母明白该放手了，则他们离生命的终点也就不远了。蹒跚着用已不灵便的步履、不清澈的目光，走脚下的路，看身边的景。看着自己的孩子如何对他们的孩子，重复自己昨天的故事。

这种下延性，天性使然，一代代传承，人类在这样的"下延"状态下会走向哪里？

言传身教

　　玉不琢不成器，树不修长不直。有了孩子，就要教育。家有小儿初长成，既是"初"，就是在懵懂阶段，尚处在是非观念不强、善恶与否不分的时期。作为家长，就必须给予必要的指点，告诉他什么应该做，什么不应该做，做了之后的结果是什么。要他们干事情、想问题，不能只考虑自己，也要考虑他人，考虑社会接受和允许的度，使孩子在童年不仅有一个健康的身体，也有一个健康的心理。

　　教育孩子，不仅仅在于"说"，更在于"做"。他的一切你都包办，如何让他独立、担当？你在父母年迈时不管不问，你怎么指望他在你老的时候赡养尽孝？你整天机关算尽，你还希望他襟怀坦荡？你把吵架当成家常便饭，他如何与人为善、家庭和睦？

　　栽什么树苗结什么果，这是老话，但的确是真理。我们的所作所为，不说是天在看，起码你的儿女在看，榜样的力量是无穷的，这又是一句老话，有没有分量，自己掂量掂量。

一家之主

　　我常常被冠以一家之主的头衔，可户口本的开篇没有我的名字，在家说了也不算，何谓一家之主呢？但仔细想想，自己与一家之主还真有关系。"住"是不是相当于"家"，如是，我就是"住"中"主"旁边的"亻"。"主"是王，头戴冠缨，俯瞰群臣，随时可发号施令，而我就是"主"侧位的侍从，时刻准备听从"主"的差遣，为了"主"的安全随时准备奉献。"主"与"住"的不同，是不是就差个"亻"？"主"孤独的时候是因为没有"亻"的陪伴，"住"之所以温馨，是因为"主"有"亻"的伺候。"主"离开了"亻"就不成其为"住"，没有"住"，何谓家？没有家，何来"主"？看来，"亻"也有不可小觑的作用，如此一想，户口本的开篇有没有我的名字和是不是在家说了算，也就无所谓了。

早餐

自从不买面包以后，妻的早餐弄得很丰富，有稀的，有干的，有补充蛋白的，有补充维 C 的。这从冰箱上大大小小的贴士也能看出个一二。

我每天比妻起床稍早一点，做完健身操，就下楼在小区里走两圈，待上楼的时候已经是汗水涔涔了。这时，妻已在厨房窸窸窣窣地准备早餐了。我一边夸张地亮亮赤膊、弹弹汗水，一边不咸不淡地在她身后搭讪两句。她也不怎么理我。于是我进屋换了衣服便打开电视机，坐等天气预报美女主持的出现。

一会儿，一个托盘上来了，妻便也在我身边坐下，边看我吃饭，边等女儿起床，很快，我将餐盘里的东西一样一样地"消灭"，向妻示意"怎么样，成绩如何？"妻多半是点点头，拍我两下。我满足地将空空的餐盘送去厨房，你说我是不是挺讲究？

妻会不会从我的背影看出我的感激？感谢的话，我羞于说，也惮于假，唯恐说出来，意思就不对了。或许，她从我的吃相和上班出门时的告别，感觉到了什么吧。

夫妻争吵

　　有一同学的母亲不幸病逝，我们去家里看望。同学的父亲先是介绍一下同学母亲的病情和治疗的过程，表达的意思就是已经尽力，不治是命中注定，非人力能够扭转。接着同学的父亲说他们夫妻俩从未红过脸，表达恩爱之意。随之又抱怨儿子不与交流，要我们多多规劝。当时听了觉得有些不解，觉得那样的场合说这些似乎不妥。

　　现在想来，夫妻间几十年没有争吵过，倒不多见。再温暖的港湾是不是也有风浪和颠簸。多年的婚姻从未红过脸，这真是难得。如此相容，期间爱的成分有多少，那谦让的背后有没有谎言的支撑。是爱之下的理解、宽容，还是无奈和不屑。是不是一方太强势，容不得半句反驳，而另一方太忍让，逆来顺受，忍气吞声呢。夫妻之间从不争吵，就能说明美满恩爱吗？争吵难道不是淬火，滋啦啦之后不是更纯粹、更坚硬吗？大吵伤感，小吵怡情，争吵之后那和好的喜悦是别样的。

　　不管什么物件，无间都会发生碰撞，何况人是最活跃的，不发生摩擦那才叫奇怪，我想这种状况，不是冷漠就是麻木，要不干脆就是疏离，远远地当然不会发生口角。没有心的交流，哪有语言的交流，不交流自然就没有争吵。

　　亲人之间往往口无遮拦，将对方当成自己，无须遮拦。伤害和受伤的常常是最亲近的人。伤了对方比伤了自己还痛，可这一次的伤，免不了下次的痛。舌头总是碰腮，因为太近了。

争吵是在了解的门里，理解的门外。婚姻是不是也是在这个位置呢，即是这样，长久的婚姻而能避开争吵，那要么伟大，要么虚伪。

儿子大了不与交流，这是自然现象，两个男人之间本来就少于交流，父子之间，而不是朋友之间，要是喋喋不休的说个没完，那才叫奇怪。不与交流是不是还有另外一个原因，就是儿子大了，对家里的事情了解的多了，发现了什么问题，心生反感又不好表露，主观上排斥交流呢。

如此的揣度是不是亵渎了父子之间深厚的感情和那份圣洁的感情？但愿我的揣度是错的，纯属小人之心。

归咎亲近的人

　　一个尴尬的场面，需要有个人出来担当。主事儿的人在不便将责任揽到自己身上的时候，就只能推给亲近的人，这样既不伤到别人，又不致事态的扩大。

　　在家事的处理上，也有这种情况。父母与子女之间，其亲情是不言自明的。夫妻之间，除了"亲"以外，还有"近"，好多事情都需要携手来完成，双方共同创业和生活。天长日久，两人相濡以沫，人生的路，不管是风调雨顺，还是雷电交加，需要一起走过。父母是驿站，是避风港，是疗伤地。子女则是田里的苗，是夜路的灯，也是亲手放飞的鸟。不能分离也无法分离的只有夫妻，包括老夫妻和小夫妻。因此，夫妻要比父子（女）关系更近。

　　回头再说责任归咎。将责任暂时推到亲近的人身上，那其实是一种信任，是心无芥蒂和心照不宣的表现。表面上数落的背后，暗中交代一种信托——交给你了，委屈一下。当然，对方会照单全收，诚恳的外表掩藏一丝窃喜，因为，这也是一种亲近的表现。给予和接受，双方都乐得。

　　在有外人的时候，父母或是子女，就都有可能是被归咎的对象，不过这种归咎肯定不是大是大非的问题。

健康不是一个人的事

　　健康对于一个人来说是最最重要的，对于一个家庭及其身边的亲人、朋友也是最最重要的。这里说的健康包括生理和心理两方面。身体有病肯定不行，整天病歪歪，甚至卧床不起，自己遭罪，周围的人也跟着揪心。心理有病也不行，整天搞出一些奇奇怪怪的事情，鸡飞狗跳，怨声四起，身边的人也跟着闹心。一个人生理要健康，哪怕是亚健康也好，起码生活能够自理，即使不能给他人增光添彩，也不能给他人添堵添乱；心理的健康也一样，能够快快乐乐地生活最好，带给身边人以喜悦，不能这样的话，至少别无端地生出一些是非，还叫别人去善后。

　　健康应该从点滴做起，从源头做起。损害健康往往是不经意的，而恢复健康是艰难的。前者的过程或许是快乐的，而后者注定是痛苦的。用健康换来的成功不值得，因为失去了享受成功的载体，也失去了享受成功的心情。

　　如果认同这个理儿，那么我们就重视健康吧。高质量地生活，有意识地锻炼自己，为了身体的承载和心理的承受，付出一些是值得的，这包括汗水、毅力和给予。

健康的路

最近，对锻炼身体、走健康的路，有所思考。

选择健康的路不容易。除了锻炼之外，还要面对许多诱惑，没有毅力不行，反而是走不在乎健康的路，颇为自在、自由、恣意和享受。

走健康的路很艰难。因为这条路既崎岖又漫长，需要坚持、坚守、坚韧才能达成目的。相反，不在意健康，倒是安逸、随性、散漫而自由，要放弃这些改道健康的路，是非常困难的。放弃比收获还需要意志。收获是艰难的，放弃是痛苦的。

有意识走健康的路时，身体往往已经有了不健康的讯息。在身体还没有显现出不健康的信号时，能毅然放弃已经习惯的享受、慵懒和放任是很不容易的。这需要意志，也需要智慧，需要能够把控自己走正确路的清醒头脑。

从逆境中走出来不容易，而从顺境中能够嗅出危险就更困难。有理智的头脑，才有健康的身体。

早晚健步走

我习惯早晚到户外走一走，活动一下筋骨。养成这个习惯是与我现在住的小区有关。现在的小区，方方正正，房子的四周有宽宽的步道，入口处都有隔离桩，车辆是不能通行的，特别适合散步等健身活动。

我喜欢健步走，特别喜欢在春天的早晚到外边转一转。春天的早晨，充满生机，小草从冒芽到分瓣儿，一天一个样。晚上，玉兰、丁香等早春的花慢慢开放了，满小区都馨香馥郁。在小区那么一走，自己仿佛也年轻了几岁，觑见没人，还有跳跃的欲望。

到了夏天也挺有意思。虽然暑气较重，容易出汗，但是，走在小区里趣味还是不少。比如傍晚时分，太阳落尽了，暮色渐渐围拢上来，自然界安静下来，而独独知了却迎来了它们欢唱的时刻。知了们的歌唱，是一场规模宏大的合唱。在这里"共鸣"这个词已不足以形容它们的合音呐喊，它们的声音饱含穿透力和震撼力。不大的身体，发出那么大的声音，它们分散在那么长的一排树上，又能那么齐心，撼天动地般地齐声呐喊，这真是自然界的奇迹。天这么热，这么起劲地叫，脑门会不会出汗，肺部会不会气喘，那么密匝的翅膀不停地扇动，腋下会不会起痱子，担心之余，我心底涌起了一股莫名的感动。

到了第二天早上，居然一声蝉鸣都没有了，仿佛一夜叫倦了，早已沉沉睡去。这个时候是麻雀的天地了。它们或单独在枝叶间跳动，或是三五成群地从头上掠过，叽叽喳喳，此起彼伏，听意思，它们好像因为什么事情在争吵，而且吵得没有秩序，没有条理，也没有结论。也许争吵根本就没有缘由，也不需要结论，它就是一种沟通、一种友善、一种特有的招呼。

相比之下，我不太喜欢秋冬两季。虽说金秋十月，硕果累累。但也确是凉意上身，寒意渐来，风摇枝头，落叶飘飘；再往前一步，就是呼气染霜，踏雪成泥了。秋瑟瑟，冬潇潇，感觉不舒服，好像扯着人的情绪往暗处跑。

早晚出来散步的，基本都是上了年纪的人。偶有年轻人走过，就颇觉意外。日前就见一小女孩健步走，高高的个子，修长的身材，走路的姿势优雅而又充满青春的活力。这么年轻，又有这么好的身材，能够坚持锻炼，这和一般的年轻人不太一样。早晚出来锻炼的基本是三种类型，即延缓的、恢复的和减持的。延缓就是延缓衰老，多活几年，尽可能活得质量高点；恢复就是身体原来有问题，通过锻炼，祈望能找回健康；减持就是肚腩等地方的仓位太重了，尽早、尽快、尽可能地减持一部分，让高血压、高血脂、高血糖等晚点上身。那么前边那个小女孩是属于什么类型的呢？该不是保有型的吧？涉足演艺界，或是 T 台什么的。不枉猜了，预祝这个小女孩，前方走得轻快，走得顺利。

汗

我比较容易出汗。一运动就出汗，尤其在夏天更是如此。我经常到户外锻炼，回来做整理运动时已是满脸汗水了。汗水开始还是细细密密的，不一会儿，就聚集成大颗大颗的，只消再重那么一点点，就开始向下滑去，或经脸，或经鼻，通过脖颈，流向胸膛。俯身下去，就会大珠小珠落地板了。这个时候，我很享受，因为汗水下流的时候，麻麻的，痒痒的，挺舒服。有时我想，如若这样不停地淌，脚下会不会积成桃花潭。每当这个时候，我常常愿意找个由头到老婆面前显摆一下，尽管我装着无意搭讪，可老婆明白我的心怀，抬头一看，扑哧一下笑了，说："又驴脸淌汗了，我干这么多活，也没像你那样，咱不会做样子吗？"你听这话说得不友好也不文明，脸长点怎么了？爹妈给的。不过，咱不跟她计较，素质在这儿呢。

出完汗，松快。皮肤内外，仿佛通气一样，汗消之后，再用凉水扑面，噗噗几下就好。如果时间允许，冲一下澡，那叫一个爽。

出汗可以清垃圾，排毒素，健身养颜，建议运动出汗。当然，出汗的原因不止运动一种，比如汗颜，就不是运动而来。汗颜，应该是做错了事，感到惭愧、内疚，所涉及的对象又是平时对自己不错的人，自己如今做出这样的事，对不起人。尽管是无心之为，还是给人造成困扰，感到深深自责。还有冷汗，那是由意外的惊吓而来。没有想到，却突然发生，这种情况往往是有惊无险，但汗水已经流了下来，冷冷的，头皮发麻。

身上出水那是汗，眼睛出水那是泪。不管是悲伤，还是喜悦，都有可能泪涌。无论是运动的汗，还是喜极的泪，都可以恣意地流，都可以尽情地淌，只要释放舒坦就好。

逸园赋

一处小院在浅山，
半是居屋半是田。
柴门柴草柴鸡蛋，
清水清闲清蓝天。

与妻小酌屋廊下，
啾鸣传自翠柳间。
朋来倒屉相拥入，
友去余闲竟自欢。

小院偶得

灶炕微醺靬渐小，
搅残梦，枝头鸟，
为了司晨吵。

酒至半酣竟不觉，
夜海棠，同眠雀，
怎是这般恼？

嘴边尚衔晓前露，
扰人起，自逍遥，
房头搔羽毛。

注：早春四月，小院海棠花开正茂，睡火炕，香靬未尽，被窗外小鸟吵醒，偶得。

小院与"裸"

一进入五月，气温一天天蹿升。周末去小院，更是感到夏天的一步步逼近。草拔了，黄瓜架了，农家肥追了，累得满头是汗，也开心无比。冲凉之后，偎在窗前的躺椅上，看蔚蓝天空，白云朵朵，听耳边微风，絮语丝丝。望着园子里绿莹莹的苗儿，舒坦。

太阳落到厢房的西边，暑气在一点点地散去。这时，妻也把晚饭做好了。平时有客人，除了两三样大菜，如小鸡炖蘑菇、鲶鱼炖茄子等，其他的基本是小菜，比如黄瓜蘸酱、黄瓜凉菜、黄瓜炒鸡蛋、生菜蘸酱、蚝油生菜、糖拌西红柿、蒜蓉丝瓜、韭菜鸡蛋、豆角排骨、虾皮小葱、尖椒豆皮等。最近由于H7N9没吃小鸡，当然我和妻两个人一次也不能做得这么多。平时就四个菜，即蒜烧鲶鱼、豆角排骨、蘸酱菜和咸鸭蛋。小酒儿一喝，微风一吹，望着虽然不大但充满生机的小院，十分惬意。喝着喝着，我对妻说，此时此刻此情此景我想到了一个字——裸。

在小院，身体放松（吃饭的时候我就半裸），思想放空（在小院什么都不想），闲适无虑，悠然自得。小院的生命是在没有任何束缚的情况下自由生长开放，小院自然而本真，不需要任何的伪装、矫饰。小院是自然的天地，是自己的天下。目光随着浮云，四处移动。这个时候，思维飘乎乎地处于空白状态，待半晌回过神来，脑袋里空空的，一丝痕迹都没有留下。

小院儿没有职场的规矩，没有交际的礼节，没有仕途的倾轧，当然，更没有饭店地沟油的祸害。身在小院，不管晓阳来，还是暮色起，不管清风拂，还是润雨滴，不管鸟归巢，还是蚊来袭，一切都是自然的。

赤裸裸的天空下，是赤裸裸的小院、小院里赤裸裸生长的小苗，以及田垄间赤裸裸的长工。

注：在小院，妻是"地主婆"，我就是那个"长工"，不拿工钱的长工。

叹白菜

一

绿萝青菜枉自多，
老汉无奈小虫何。
千次万次细搜索，
隔天又闻虫唱歌。
坐地徒守凉风起，
遥看天际有银河？
小女探问捉虫事，
一叹悲欢济逝波。

二

暗云深锁凉晚秋，
白菜该是翠蓬头。
怎奈小虫多肆虐，
满叶洞噬比网兜。
海棠探问低垂首，
一掬怜惜红泪流。
今朝如是随它去，
来年举杯庆丰收。

夜色二首

一

孤灯下，柳丝飘，
清风过耳絮叨叨。

西天月，房前照，
倦鸦呜咽不落脚。

杯中酒，又见少，
清夜渐凉裹厚袄。

二

在黑夜里苦想，
也在梦里张望。
循着哪条路径，
才能触摸那扇窗。

不知守候了多久，
只见夜幕又换成了晨光。
其间淋过夏雨，
染过冬霜。

还要继续守望？
不管窗里氤氲着暖意，
还是透着冰凉。

雨中漫步

　　立秋了，天儿依然很闷。早起乌蒙蒙的，从窗子望出去，小区的步道是湿的，好像昨夜下了雨。按着习惯，第一件事做操，之后便是健步走。到楼下才发现雨还在下，但不大。片刻的犹豫之后，决定坚持走。雨淅淅沥沥的，不急不躁。绵绵的浸到头发里，粘在衣服上。我端着双臂，半张着双手，仿佛擎着两只钵子，绕着步道快步地走着。今早小区几乎见不到锻炼的人，第一圈还见一个遛狗的，第二圈就不见了。风也不大，刚刚能撩动树梢，漫不经心地摇着。走着走着，一片柳叶悄然挂在我的眉梢上，半天不见掉下来，很享受似的，仿佛跷跷板一上一下的动着，其实，它享受，我也很享受，任它调皮地动，并没有去摘掉它。过了一会，它似乎玩够了，就颤颤地飞走了。雨渐渐的大了，走第三圈的时候，头发开始向下流水了，手心里也开始有晶莹的东西在晃动，柏油铺成的步道，开始映出倒影，云的倒影，树的倒影，还有步行中我的倒影。积水渐渐地深了，脚起脚落带有雨水的唧唧声，刚才飞走的柳叶，此时是不是变成了小小扁舟，正在恣意的划着？头发开始打绺儿，淌下的水，顺着脖领进到衣服里，它弄湿了我。

　　走完五圈，也就是规定的圈数方才停下来。这个早晨虽然淋了雨，但很享受，也很珍视。这样的际遇难得，可遇不可求。虽然那条步道还在，柳叶也会有，微风小雨也不会不来，可这样的早晨，这样的心情，这样的感悟，也许今生都不会再有了。

墙角的花

　　入秋了，发现小区围墙下开着一溜的白花。我不知道，为什么春天没有，夏天也不开，独独到了秋天，百花艳后，万物开始枯萎的时候，这些花倒开了。我不知花的名字，它也不怎么显眼，芳艳的花谱上肯定没它的名字。因为它没有玫瑰的寓意，没有荷莲的清丽，没有牡丹的华贵，也没有寒梅的傲雪。它就是自己，不争香，不斗艳，以墙角为依，以杂草为伴，在麻雀的嬉戏和知了的合唱声中径自孕育、萌生、含苞和盛开。它低调，但很执着；它弱小，但很坚强；它不艳丽，但很洁净。我喜欢它，也怜惜它，甚至被它感动着。

　　它们不是同一株，但却是同样的属性，只要顾盼一下，就知道自己昨天的影子和未来的样子。

　　秋的门槛进了，走一段儿就会到了冬天的门外。这一段的路，不长，但足够它走了。用不到雪来，它就会先行离开，不留半点遗憾，去了另外的那个世界。尽管如此，我却不能为它做什么，只能趁它没走，天天看看它，陪陪它。它无憾，我也无悔吧。

端午节

又是一年端午节，这是来北京的第七个端午节了。不过不知是由于年龄的关系还是北京就这样，越来越觉得端午节没有了意思。寡淡的如同常日。

回想起来，哈尔滨的端午节最有气氛，海伦的端午节最让人难忘。

哈尔滨的端午节是在节前的几天就拉开序幕了，早早地就把荷包和彩线挂在了街头巷尾，做妈妈的提前就把粽叶、草绳、江米准备好了。到了端午节的前夜气氛达到了高潮，松花江两岸灯火通明，人如潮涌，三五成群，七八凑伙，呼朋唤友，摆摊吃喝，真的可以用人声鼎沸来形容。我家住在江边的高层，向下一望那场景蔚为壮观。第二天早晨下楼还会看到满地的艾蒿、菖蒲和简易架上的荷包、彩线以及各种叫不上名字的小玩艺。再往岸坝的里边走便是卖各种各样小吃的，什么油条、炸糕、板面、烙饼、豆包等长长地一溜儿。早上剩下的人基本是两类：一类是热恋中略显疲态的情人，另一类是年岁较大起来遛弯的半大老人。待到端午节的九点以后人们才慢慢地散去，做小买卖的收了摊，剩下的东西和时间就都交给环卫工人了。

说起海伦的端午节，还是我们小时候过的。当时在生产队，我家人口多，劳动力少，生活比较困难，所以我们特别希望过节。过节意味着有好吃的。一年当中恐怕除了春节就是端午节了，那个时候我们叫它五月节。五月节这一天妈妈早早起来，恨不得把鸡、鸭、鹅春天以来下的蛋都攒到这一天做了。我们几个将自己分得的鸡蛋、鹅蛋、鸭蛋（鸭蛋是咸的）有的摆在炕上，有的直接揣在兜里。将鸡蛋摆在炕上的认为自己的蛋小，而将鸡蛋揣在兜里的觉得自己的蛋大点，不能瞎显摆。比过了之后，没有一个人说什么，也没有一个人马上就吃自己的那一份，因为桌上有公共的，自己的那一份留待以后再吃，而且这个过程是悄悄地进行的。鸡蛋不能全部分完，要留两三个给猪倌。那个时候全屯子的猪都由一家放（不好意思叫放牧）。早上猪倌从各家统一招呼齐猪了，将其赶到河套草甸子，吃一天的草，晚上再把猪送回来。五月节这天，不管刮多大的风，下多大的雨，猪倌都要放猪，而且这一天猪倌的吆喝声特别响亮。"松猪了！"意思是把猪从圈里放出来，这一声吆喝，声音悠长而悦耳，尾音跳跳的，从屯子东头可以传到西头。各家也就早早准备好鸡蛋，即使看着雨大不松猪了，也要把鸡蛋送出去。不然让人说成是小抠儿，自家的猪以后也得不到好好地看顾。

鸡蛋是好东西。记得上大学的时候，第一年暑假返校，妈妈把攒下来的二十几个鸡蛋煮了给我带上，回到学校我也没有舍得吃。那个时候，食堂是份饭，不管男女、高矮、饭量大小，一律等份，由于自己个子高，饭量大，肚里又没有多少油水儿，所以非常容易饿，有时半夜里饿醒，只有在这个时候才吃上一个鸡蛋。后来这些鸡蛋没有吃到一半就坏掉了，为此我还懊悔了几天。现在人们的日常生活也离不开鸡蛋，人们非常注意营养吸收，一天不能吃超过一个鸡蛋。我不知道妻生女儿的时候一次是怎么吃下去九个鸡蛋的。现在想来有点愧疚，没有什么好吃的，给人家吃了那么多鸡蛋，可能反而对健康不利。不过，那个时候没有现在这么多营养学的说法。

昨天在小院跟老婆孩子说起各地端午节的不同，以及对鸡蛋认识的不同，还真有点感慨。时间地点变化了，感觉也跟着变化了。

青萍

山叠青，水荡萍，花间乐飞蜓，
幽暗处，天亦晴，落霞草菁菁。
三十岁月过去，
足迹重，尘芥轻。
经年回望如昨日，
同窗四载画已凝。
树筛影，迷离径，
抬望眼，
双双手暖，目目含情。

注：于青萍抱怨好多次，说毕业留言没给她写什么东西，质问得我无语。前几天又遭到通牒，于是写了上面的话。不过毕业三十年了，当初的心境是找不回来了，只能把现在的感想告诉她，同学情谊于我珍视如今（金）。

心灵恒久的宁静

　　我和徐方是大学同学，由于爱人姜颖的关系，我们联系很多。对徐方的认识、认知、认同和认可，时间很短也很长。说短是因为初见她就有很好的印象，她读书时便是班级的才女，擅长书法、绘画和摄影，加之高挑娉婷的身材，自然便成了吸引众多眼球的对象。但在这些氛围之中她没有浮躁虚妄，能够看出她有着良好的素养，质朴、踏实。她心态放得很平，脚落在地上，等高地看待别人，也客观地回望自己。自己笃定追求的东西，始终在心的中间位置。我写给她的毕业留言是："徐风吹芳草，暗香遥遥，醉了林间鸟。遍看人间处处，自是桃源好，瞧、瞧、瞧。"可惜只写了上半阙。爱人姜颖说我急着结婚忙晕了头，有点遗憾，不过还是把我想说的表达了出来——点了她的名字，评价了她的性格。她内敛，闲适，多才，悄悄地给周围以醉人的幽香。随着时光的流逝，这样的特质会不会改变，要张大眼睛拭目以待。说时间长是因为历经三十载，眼前的徐方依然是我们心目中的那个人——不张扬，不浮躁。社会的熏染，在她身上嗅不出半点烟渍的味道。她依然是那不污的荷莲，依然是执着、纯洁、浪漫的那个人。深秋时节，她居然组织一些人去野外露营，采风觅野，扎寨村路中央，要不是农民的车辆过不去，还不知她在帐篷里蜷缩到什么时候。想象一下没有几分童真，没有几分执着，看到她那瑟瑟发抖的样子还真不好理解。她纯洁的内心追求自然的美。

　　开始她要我写序，我还有几分忐忑，一是对摄影不懂，二是文字水平恐不达意，辜负了她的期望。不过待看到了作品，还真有几分要写上几笔的冲动。美国西部印象这一组作品，给我们的很多。除了欣赏风景以外，还给人一种空灵的感觉。置身其中，悠闲浏览，慢悠悠地转山，在那山的背后悠悠地放牧，在石桌边慢悠悠地喝着奶茶，有一搭无一搭地与亲人朋友聊天，远离闹市，远离喧嚣，远离钩心斗角，远离蝇营狗苟。

作品表达了一种美、一种大场景的壮观，表现出作者对美的驾驭能力。而这种准确的把握，不仅是对摄影技巧的掌控，恐怕更多的是对美的一种感知。作品有一种美的诱惑，让人有一种占有欲、一种梦幻般的憧憬，让人有种想把作品拥在怀里、融入进去的冲动。

作者很善于把握角度。角度是很奇妙的东西，只要稍一变换，就有另一番景象的出现。诸如仰视、俯瞰、瞭望、极目，都在镜头下变换。同一个事物，角度不同，感觉是不一样的。一个角度一个天地，一个角度一个世界，一个角度一种美。远观与近赏、宏观与微观、横看与侧瞄等尽在视野中展现奇观。这与作者平时处理问题的态度有关。角度不同，结论也不同。要正确地看待一件事，首先自己要站对地方，有时也需要移动一下脚步，变换一下位置，试着从另外的角度看一下，可能感觉、认识就会发生变化，甚至是颠覆性的变化。

作者正是领悟了角度的奇妙，在同与不同之间发现美。美国西部公园和峡谷的作品很多，我也浏览过不少，但见到了徐方的作品还是眼前一亮，我想就是作品中角度的神奇转换。独特的角度才有独特的作品，独特的东西给人以独特的感受，独特的东西才能触及心里那柔软的地方。

我看了这些作品以后，体会作者是要表达一个"恒"字。小峰、大岭、沟壑、樨石、岩洞和湖泊，哪一幅画面不体现出"恒"劲？只有恒久的运动、恒久的流淌、恒久的积淀，才有今天天工巧成、叹为观止的景象。作者要表达的是纯净的天空下，心灵恒久的宁静。

布莱斯峡谷作品，给我们展现的是神秘的城堡、御外的兵俑、林立的石峰、簇拥的窝巢。这不能不叫人想起罗马的古战场，壮观、肃穆。作品也如一尊佛像，让人仿佛听到天籁般的诵经声，环绕在红松琥珀之间。

大峡谷作品，雄伟壮观，攀循而上的岩层，记录着风雨的脚步，也饱含阳光的暖影。一道道拱门，明明是自然天成，偏要表现出斧凿之痕，让观赏者先是一愣，随即又拍案叫绝，"巧夺人工"的逆向思维，足见作者的大胆和审美的独特。那激流翻卷的远峰，犹如诺亚方舟，是希望，是动力，是坚持，也是坚强。

黄石国家公园的几幅作品更是迷人。紫烟升腾，半裸的河滩，绵延不尽，暖池和热泉烟波缭绕，雾霭沉沉。放眼望去公园就如巨大的、五彩斑斓的画卷，散发着淡淡的芬芳，慢慢地沁入我们的肌肤，包裹着我们，浮掠着我们，陶醉着我们，使我们愿意沉入其中，坦然睡去，永不再醒。

一幅幅羚羊谷作品在眼前铺开，如同把我们带进一个童话世界。前面几幅景象，有的像吃的，有的像玩的，有的像累了以后睡的地方。后面几幅景象仿佛捉迷藏的好地方，几个顽皮的孩子几经跳跃，躲闪腾挪，一闪身就没影了，躲在暗处偷觑的人，见小伙伴探头探脑仍找不到他时，便忍不住地喷笑出来，那笑声显得格外响亮，回声久久，不忍消失。

马蹄湾的一幅作品，很是震撼。烽火连三月，马蹄声碎，喇叭声咽。告急的马，速度快，力度大，马蹄踏破山河。蹄窝处，流水，飞舟，浪花晶莹。人生的路能否这样回环，如果可以，不知有多少人愿意，又有多少人不愿意。

另有几幅则是雾一般的河流与森林，在清晨微风的吹拂下，它们恰似浣纱的少女，自然流露出不可言说的一抹娇媚。

还有的作品如陷入深深思考的一个智者，笼罩在庄严肃穆的氛围下，只可远观，不可近觑。

拱门公园有一穹口的作品，作者抓拍的角度很绝。穹顶般的巨幕叠现出嶙峋的崖壁，仿佛伸手可以扯过的白云，清澈如水的蓝天叫人有一种欲要大声呼喊的冲动。作者仿佛书法大家，挥毫泼墨，尽情挥洒，将浑厚的笔力浸透其中。黑、黄、白、蓝诸色，尽在掌握。

在望月作品中，榫石、轻云、朦月组合在一起，就像一个少妇隔海盼郎归，也像年轻的修女虔诚地祈祷天地人和。

映入眼帘的一幅幅作品使脑海里幻化出这样几个字。

洁：一片蓝天中的一朵白云，干净无瑕。

力：一个巨人伸开双臂，力透山河，其后是晓阳、薄云，神秘中给人力量的感觉；转瞬间，画面展现的是游泳健将，在碧海波涛中劈波斩浪，无畏前行。

憨：两只海象在沙滩嬉戏，调皮、憨态、亲昵中，它们好像突然觉得头顶的乌云聚集，预感有一场暴风雨就要来临，惊诧的表情让人忍俊不禁。

月：穹口里的树，半掩的光环，滑过的乱云，分不清是夕照还是拂晓。我这个中国人看了，一下子就想到了嫦娥奔月。

急：峭崖上的乌云，乌云身后的光晕，光晕上边的碎云，整体看上去，犹如战场上的硝烟，让人在呆望中生出一丝忧虑。

绝：湖边湿地，色彩、远近、视觉、收放恰到好处。

幻：顺着一片色彩斑斓的湿地看过去，山、岭、湖和湖中那缥缈的人影就如一幅海市蜃楼的仙境。蓝、绿、黄、灰，一圈圈环出来的火山湖泊，犹如徐徐降落的天外来客，大大的飞盘耀眼夺目。

这个集子收纳的仅仅是徐方摄影作品的一部分，尽管这样也能看出她的摄影功底和丰富内涵。有的作品大气磅礴，使人豁然开朗；有的作品只抓住一隅，细腻而又传神。我看了很多她的作品，往往有一种莫名的感动，生出不知所措的惶惑和意想不到的欣喜。惶惑的是为什么要感动，欣喜的是这个年龄还能感动。作家董桥说过，中年是尴尬的年龄，是只有感慨而没有感动的年龄。何况，我已经过了中年，这不能不说是作品的魅力。

希望徐方有更多更好的作品，凭着她的灵性和执着，定能不负朋友们的期望。

人活一口气

"人活一口气"中的"气"应该是志气、争气、义气的意思。这句话，应该是俗语，是说人活着应该有尊严。小时候，听老妈叨咕过。老妈没有上过一天学，但生活中的警句不少。"人活一口气"就是其中之一。老妈跟我们说这类话的时候，也不是什么严肃的场合，更不是把这类话当做家教训诫来说，指不定碰见什么事，也许这件事跟自家也没关系，她只是顺嘴那么一叨咕而已。那个时候，年纪小，不懂事，老妈一叨咕，我们听完就忘记了。

现在想来，老太太这句话，还真有点道理，人的生死，不过就是一口气而已。有这口气，活蹦乱跳，吃吃喝喝，高谈阔论；没有这口气，朽粪一堆，荒冢一处，轻烟一缕。

人活着，离不开这口气，气喘得匀，步子才能迈得稳，活得才能踏实。

这句话，对别人不知有没有影响，老妈自己倒是秉持得不错。现如今，八十五六岁的人了，还坚持自己过，能不求人的就不求人，能不靠人的就不靠人。灶台上、园田里，她还跟着逞强，力气到不了的地方，心思也得跟上去。礼数不落空，人情不落单。

我现在年岁也一大把了，回头看看自己走过的路，是不是也受了"一口气"的影响？宁肯官运不通，职场不顺，也不肯低头，不肯就范。尽管这样，我晚上躺在床上，摸摸肚腩上边那块东西，埋怨过自己吗？

没有，没有，老妈那句话不是还在嘛！人活一口气。

坚持的同时，也有变通，我们无力改变大环境，那就建设好小环境；管不了别人，就管好自己，职场不找压力扛，生活不找闲气生。看淡眼前的是是非非，尽量少置气、怄气、负气。这也是对"人活一口气"的另外一种诠释。

比较

我买东西时，一看好不好，二看值不值。多半的时候我都坐公交或地铁（四角钱或是两元钱）上下班，走一段路，坐一段车，锻炼身体，愉悦心情，省钱不费力，何乐而不为？现在打个出租车从单位到家里总要四十多元，往返就要八十多元，可我要是公交出行，只需百分之一的价格，八角钱。

再说吃饭，除了在家里吃饭以外，我偏好去小餐馆，不喜欢去大饭店。一家小餐馆，味道好，有特色，点几样小菜，邀几个朋友，随便那么一坐，小酒一喝，不咸不淡，天南地北地聊一聊，惬意！

要是去了大饭店，首先要讲究衣着，其次要讲究入座的主次、面前"刀叉剑戟"的顺序，以及汤菜酒水的先后，……不把这些"讲究"讲究到位，人家会说咱们是老土，没品位，没见识。时下新鲜的词儿叫欧特曼吧。咱不讲究那个样，也不去遭那个罪，就是吃吃小菜，喝喝小酒，轻松又随意。

说完了"吃"再说说"穿"。我从来不去"动物园"批发市场扫货，那里的衣服薄颤颤、皱巴巴的，穿梭在职场中穿成这样，是对工作和同事的不尊重。当然，咱也不是紧盯国际大牌不放的主儿，那动辄几千上万元的，感觉也不值。只要面料好，款式对，穿在身上舒服就好了。

吃穿点到了再说说"行"。前几天去了几处车行看车，现在开的福特"老蒙",对我不错,脾气好,肯卖力,不过就是到了年龄,时不时地要换换零件,很是麻烦,也该叫它歇歇了。几经考虑,马上要退休的人了,换一个SUV可能适用,带着老婆把祖国的山河逛逛,享受享受,过一个时尚、快乐、健康的晚年生活。

选什么样的SUV呢?我先后去了几家店,如奥迪、沃尔沃、福特、奔驰和路虎店。一圈下来,家人的意见不是太统一。有的关注品牌,有的关注安全,有的关注车的大小,当然这些都离不开价格。几万元、十几万元的SUV不能考虑,就怕开不了几天,进修配厂,这样得不偿失,何况多少有点跌份儿。奔驰、路虎是好,也大气,但价格实在太贵,100多万元车款不说,每年养车的费用也不可小觑呀。关键是开这样的车让人担心,有点招摇不说,停在哪儿,下车后还要惦记它,比情人还分神,不值当。沃尔沃的安全性是肯定的,但外观不太可人儿,前脸过低,"屁股"棱角太突出,老婆坚决反对,此车没戏。可选择的就是奥迪Q5、福特探险者和锐界了(我们家是不买日本车的)。

奥迪Q5配置高,功能全,牌子大,科技含量也不错,而且是四轮驱动,我喜欢,但就是空间略小,个子高的人坐进去,稍显局促,倒也没到憋闷的那个程度;探险者是这几款车中最大气的,几乎比别的几款大一圈,适合野外"作业",但3.5升的排量,买时要交的税款过高,油耗肯定也不低,每年的保费也会高出一截,还有它的前脸有点山寨路虎的嫌疑,心里多少有点别扭;锐界是一款比奥迪Q5要大,比探险者要小的车,驾驶者坐进去比较宽敞,车门很厚,安全性要好些,缺点是前脸比较短,品牌也没有奥迪Q5好。

最近好像大切诺基3.0快要上市了,到时可以去实体店看看。

到底选哪个,还有一段时间考虑。所谓性价比,比比主意就出来了。

放开

　　朋友的离去已经领教了，亲人的反目居然也发生了。那个时日，愕然，灰暗，仿佛当头一棒，背后一刀。痛，非常痛。痛得晕眩，不知怎么会这样，反省了，检讨了，仍不知所以。也曾试图补救，无果。又找不到好的路径，惴惴地茫然无措。只是挨，挨了一段时间以后，渐渐明白了一个词——放开。松开手，放了这件事，也放了自己。

月夜

暗夜，
一条静静流淌的河。
岸柳低垂的两侧，
隐现着点点灯火。
坐在小船里，
和自己的心悄悄诉说。
我仿佛遗失了什么，
思念着还有空落的感觉。
我停止了划动，
仰望天上的一轮明月。
她远吗？
划着这条船沿着这条河，
能够到达感受她的婀娜？

儿时的我，
是不是有些蹉跎？
前边那条小径，
我跳跃着走过。
四边延伸的草滩，
盛开着不知名的花朵。
伙伴们追逐的笑声，
惊飞了小鸟和懒睡的蝈蝈。

虽然没有鞍辔，
可我们照样骑在马上撒欢雀跃。

尽管这些记忆还很鲜活，
可今夜的人，
不再是昨天的我。
我走的是时间的路，
蹚过的是岁月的河。
这个过程是不是积淀太多，
压得船身都有些倾斜？
斜靠在船舷，
凝视着清冷的玉兔和嫦娥。
天上地下，
我们谁比谁更寂寞？
夜凉了，
露重了，
回头能不能找一人小饮对酌。
温温手脚，
暖暖心窝。

老友

除了它，身边没有陪伴我近三十年的物件，我对它有着一种不同的情怀。它陪伴着我，也提醒着我，告诉我什么时候是拂晓，什么时候是当午，什么时候是黄昏和夜半。

它忠诚，不计任何回报地付出。当我出差忘记告诉它时，它不怪我；当我外出回来没有马上和它打招呼时，它也不怨我；它更不会变着法地把歉疚和不安留给我，它坦荡。

有一次带着它出差，回程的时候，差点把它丢在宾馆里，为此自怨了好一阵子，从那以后，我就把它留在家里，托妻照看它，或者准确地说是它代我陪妻在家。

它见证了我工作的历程和生命的脚步。分秒、年月就在它默默地跳动中走过了。有了它，我知道什么时候起床，什么时候入睡。人在旅途时，夜晚懵懂中寻它不见，才知道客居他乡。

我搬了很多次家，不管是贵的、贱的、大的、小的物件丢弃了很多，可唯独把它一直带在身边，相伴左右。

它几乎没有什么要求，只要我能看到它就好。它只有给予，没有索求。

它就是我的床头电子表，方方正正，全身黑色，不花哨，不张扬，晚上不经意看都注意不到它的身段，它踏踏实实地守在自己的位置上，给我的只是跳动的红字。它是 20 世纪 80 年代银行有奖储蓄的产物，出身虽然不是名门，但它品质好，厚道、质朴和坚守。它的品格，叫你不能不把它视作老友，一个相伴始终的老友。

我将与它继续相伴下去。

北京的初冬

在北京，总是感到一年四季时间分配得不够均衡，冬夏两季要长，春秋两季要短，短得好像没什么感觉，一疏忽就过去了。

昨天的感觉还比较纠结，不知是深秋还是初冬，今天一早就给出了一个明确答案。上班刚一出门，就打了几个冷战，脖子使劲往衣领缩，西北风卷起地上的碎屑，将树梢抽得吱吱直叫。日前还是叶满枝头，今天就光秃秃的只剩下筋脉了，真是寒风萧萧扫过，叶落如刀锉，昨夜与今晨就是两个季节，两个世界。

路上的行人明显少了，脚步明显快了，天空除了黄叶，只有几只乌鸦在盘桓着，它们好像被铅坠着飞不起来，而又不知飞向哪里去，朦朦的吃力地扇动着翅膀。

钓鱼台东墙外的银杏林，没有了往常捡杏的人群，满地的银杏，没人理睬，昨天还见有人用砖头扔树头，砖头带下来的几颗银杏不管大小悉数收入囊中。没带砖头的悻悻的溜边捡人家遗漏的。今天就不同了，到处都是黄橙橙的果子，居然无人问津。只有往里去才见一两个人，哆哆嗦嗦的从袖管里伸出手，挑一两个相中的放入袋子里，把手又快速地缩进袖管里，低头跺着碎步，寻找下一个意中"仁"。

冬天来了，这是毫无疑问了。该进补的进补，该加衣的加衣，甭想别的了，放长假是不可能的，大白天说梦话会叫人讥笑的。

不过天气尽管冷点，出行有些不便，但比起"霾"来还是好得很多，起码空气是清新的，呼吸的不是紫烟，而是带着很多负氧离子的白气。

说 "霾"

"霾" 这个词, 是到北京之后, 才实实在在地体会到的, 过去只是在小说里偶尔看到。与霾相连的是 PM2.5, 最近听说又细分了, 又有 PM10、PM1、PM0.5 和 PM0.1。买了车以后, 又知道了限行。不久, 房屋限购政策又出台了。

前几天, 在报纸上看到, 霾不是北京独有了, 哈尔滨的霾天也是屡屡出现, 最不可思议的是三亚也不能独善其身, 连续三四天遭到霾的袭击。由此看来, 北京不但是政治中心、经济中心、文化中心, 也是雾霾中心。以北京为轴, 席卷全国, 哪个城市都不能隔岸观火, 大家抱团取霾呀。

过去只有冬天戴口罩——保暖, 现在夏天也戴口罩了——保肺; 过去人感冒了戴口罩, 现在天感冒了人也戴口罩。就像医院的发热门诊, 医生必定戴口罩, 因为病人呼出的气湿热浑浊, 携带病菌, 不防护是要被传染的。

现在天感冒是频发的, 说明老天的体质弱了, 要加强营养, 增强抵抗力, 所以, 这个时候, 环保部门呼吁了, 专家开口了, 政府发文了, 市民被动员了, 可效果并不理想。为什么从上到下、从官到民重视到这个程度, 还收效甚微呢? 是不是还没有找到病根, 抓得还不够得力?

我看造成霾的原因, 无非就是生产和生活两个方面。就拿生产来说, 企业要利润, 政府要产值, 国家要外汇, 独独没有考虑老百姓要健康。利润和生态能比吗？产值和需要相关吗？外汇利用和国家民生一致吗？购买那么多美债，让人家用你的钱消费享受，甚至发展军事，又反过来制裁你，这个事是不是做得有点傻？当然了，这只是一介观点，站得不高，看得不远，难免偏颇。

人生之旅

闲言碎语（二）

你想看到美，就不能离得太近。

人在爱的时候，无法顾及尊严；在爱之下，做点傻事，再正常不过了。

时间对于每个人是不一样的，它可能长些，可能短些。它因感觉的不同而发生变化。对于忙碌的人，时间过得快；对于寂寞的人，时间过得慢。对于心情愉悦的人，时间稍纵即逝，且有滋有味；对于悲怆郁闷的人，时间难挨，且寂寥而苦涩。时间就是一种感觉，是随每个人不同心境的变化而变化，或快或慢。

自己付出代价，满足别人的虚荣，可嘉乎，可笑乎，还是可悲乎？

如果你要感动别人，就要用心去做；而如果你要安慰别人，只需用心去听，哪怕是以泪眼相对，默默守候，一言不发，这时的巧舌如簧派不上用场。

感情深厚的人，往往不是站在最前面的人。

俗话说做贼心虚，其实，想做贼的时候，就开始心虚了。你会不由自主地用忐忑的心理，捕捉人们那"异样"的目光。

因为恨无法面对，但有时，因为爱也无法面对。

有时对一个人的好，可能就是对另外一个人的恶。

无论是谁，都会有人喜欢，也都会有人讨厌。所以，只要自己认为无愧、够好，别人的喜欢、讨厌又何必在意呢？

　　外在的约束早晚有松开的一天，而本性决定一个人一生的路。

　　世上没有彻头彻尾的浑蛋，也没有从善始终的圣人。好的、坏的影像交替出现在一个人的行为轨迹之上。而好、坏影像出现频率的多寡，将人定性为好人还是坏人。

　　一个吝啬鬼突然解囊相助，一个骗子竟变得真诚，这些异常的举动，不仅会叫人惊异，也会带来感动。

　　人生中，小有挫折，比顺风顺水更有意义。

　　想未来那些缥缈的东西，不如做好手边实在的事情。

　　经历了生死劫难，利益的得失已经不会放在心上了。

　　冷漠可能具有更大的吸引力。

　　冰冷坚硬的石板下面，有可能就是炽热翻滚的岩浆。

　　惊喜与惊吓都来自意外。你无论要哪种效果，都要借助出其不意。

　　是收获还是攫取？收获付出辛劳，攫取付出代价。收获与喜悦相伴，攫取与恐惧为伍。得到，不管是正当的还是不正当的，必定支付等额的对价。天上从来没有掉过馅饼。所支付的对价可能是汗水也可能是泪水。

　　不要奢望别人会帮自己保守秘密，因为世上压根儿就没有保密的事情，没有保密的人。自己做了，就不怕别人知道，怕别人知道，就干脆不要做。

　　负重者必然疾行，款步观景者肯定没什么包袱。

　　来路你很熟悉，因为走了很多遍，但你可能从来没有回眸。当有一天你回头看了一眼，你或许会感到这条路很陌生、很新奇。人生的路也一样，在经历了一段路程以后回顾一下，也许你就有不同的感悟和发现。

　　公共汽车上有一种现象：人们都愿意正向坐而不愿意反向坐。为什么？是不是因为正向坐可以看到未来，而反向坐只能回望过去？

人生就是走在路上

出生即走向死亡。其间的路，有平坦，有崎岖，有笔直，也有曲折，这就是所谓的生活。

如果只有平坦、笔直，走在这样的路上久了，也会倦怠；如果所走的路坎坷重重、不可逾越，那么这样的人生之路就会让人跌入苦难，挣脱不得，久了就会窒息。

顺和逆的交织，才能咂出生活的滋味。

老人和小孩的走路姿势很像。蹒跚着前行。小孩之所以这样走，是因为脚下还没有"根"，加之对这个世界很陌生，对周围充满了未知和惊奇，懵懂中探知这个世界；老人之所以这样走，是因为对这个世界很熟悉，有许多不舍的东西，又仿佛看到了路的尽头，所以，尽可能地慢走，多看几眼已经看过和不看可能就看不到的路边景象，甚至干脆就不走了，坐在路边的破椅上小憩一下，以此来拖住时间，延缓去路。

小孩和老人中间这一段儿，是青年和中年。青年这一段，既没有小孩的懵懂，没有中年的沉重，也没有老人的知命，所以，在这段人生路上，脚步是奔放的、欢快的，人们不顾来路，也不看尽头。因为年轻所以富有，青年人以为生命的路可以在脚下无限延伸开去。

人到中年，脚下就有了分量，上有老，下有小，行走在路上，背负的东西多了，无意欣赏路边的风景，开始慨叹生活的不易，不时脚下有踉跄感，待到想通，欲放手的时候，已经接近老年了。

每一个人都是过客

人的一生，从生到死，一路匆匆忙忙。生的时候，赤条条没有带来什么，死的时候，一缕青烟，也带不走什么。有的人走得远一点，有的人走得近一点。总之我们都是过客。不管有没有房子，有多少房子，本质是一样的。房子就是驿站。

人生旅途没有主人，只有过客。每一个匆匆走过的人，想给后来者留点什么？是好的，还是不好的？是满眼的欣喜，还是满眼的疮痍？你的背影是叫人竖起拇指的，还是小指朝下的？没有人称颂也就罢了，叫人唾弃、诅咒就不合适了。

人生旅途中的每一站所获得的生活来源是不同的。小的时候生活所需肯定是向父母伸手，有的是白拿，有的是暂借。到了工作的时候，有了收入，希望能够自给自足，不再是啃老族就好。到了中年，收入开始高了点，就要考虑自己子女的房子和婚姻。临到退休，就要考虑为养老做点积蓄，为旅途终点之前的这一段做点准备，这个时段这样的打算是必要的，这关系到剩下的路是安逸还是颠沛凄苦。

不管怎么说，做一个快乐的过客吧，如果物质生活不富裕，就更不能让精神生活匮乏了。钱多的不一定幸福，钱少的不一定悲情。人生的路，总之是要走的，何不快乐点？

平和地看人待己

　　把心态放平，脚落在地上，等高地看待别人，也回望自己，从而客观地评价他人，也客观地评价自己。对他人，不盲目崇拜，也不刻意贬低；对自己，不自高自大，也不妄自菲薄。真正能做到这一点不容易。它不仅需要良好的外部修养，也需要平和从容的内心修炼。叫年轻人做到这一点那是勉为其难了，要说上了年纪都能做到这一点也不客观。外部的环境实在太喧嚣了，诱惑实在太多了，宁静地观察和自省不易，跳出名利圈子，心平气和地说和看更不易。恐怕到来日无多的时候可能会醒悟，不过这个时候醒悟，可能就有些迟了，可又能怎么样呢？尽力而为吧。能够早些，就尽可能早些，对人、对己都好。

自己对自己

　　一个人自己是不太了解自己的。自己对自己往往不客观，有时愿意迁就自己，做了错事也会找出一些脱身的理由，当然自己对自己也有刻薄的时候，做了好事也不喜欢表扬自己。如果一个人能够常常站在另外一个人的角度审视自己那真是再好不过了。但这很难，因为人常常自欺，喜欢姑息自己的不良行为，也吝啬表扬自己、肯定自己，陷入虚伪。这些都不利于自己的前行。

　　如果有一个诤友，品质好，有知识，经历多，肯出手，愿意成为另外的那个自己，那

真真是你的福气！

　　生活、工作中，滥交不对，不交也不对，大大睁开眼睛交一两个好人做你的朋友吧，让他（她）成为另外那个好的你。

倚靠

人与人之间，可以信任，但不能倚靠。倚靠的无论是大树还是厚墙，都不能恒久。树有折的那一天，墙有倒的那一刻。何况，那棵树愿意让你倚，那堵墙欣然让你靠吗？

倚靠即意味着有负于人。倚靠是别人的负担，也让自己亏欠了别人。在倚靠别人的同时便没有了自我。

生活还是尽量自立的好，不累及别人，既坚强了自我，也把主动权握在了自己手里，随性、踏实。

不倚靠别人，就需要自己有本事，不管是上下级之间、朋友之间，还是父子之间，都是自己有本事的好。所谓的本事包括沟通的本事、交往的本事、思考的本事、洞察的本事、决策的本事、赚钱的本事、持家的本事、学习的本事、影响他人的本事等。有了本事才能挺直腰杆，活得有尊严。求人不如求己。

帮助人的分寸

朋友有困难能够伸出援助之手，解燃眉之急，雪中送炭，他（她）会感激你一辈子；可是他没有困难，根本不需要帮助，你愣是要帮助，还热心得不行，这就让人不爽。"被帮助"的感觉是不是与"被可怜"同义？也许会让人有被侮辱的心理反应。面对你的热心，人家接受不是，不接受也不是，左右为难，尴尬得不知如何是好。表面的笑脸掩饰内心的不悦，可你偏偏看不出来，自以为多么仗义。面对对方的尴尬不悦你浑然不知。你说你的帮忙是不是添乱、添堵。不需要的给予是对尊严的一种无视。

所以，帮不帮助，怎么帮助，帮助多少，一定要有分寸。否则，你得到的肯定不是你想要的，尽管你的初衷根本就没想要什么。

帮助需要帮助的人。帮人时还要注意，千万不要有施舍的意味，千万不要有居高临下的意思，千万不要有指手画脚的举动。否则，帮助便没有了帮助的意义，可能还埋下了怨恨的种子。帮人害己，反倒不如不帮。

帮人最不该的是被帮的人不领情反倒怨你：凭什么你是帮人的，我就是被帮的呢？你有一点能耐两个臭钱就了不起吗？你帮我是应该的，别指望我会感激你……

同时帮助人也应该看清对方应不应该帮、值不值得帮。但往往看不清，也不知道对方是一个怎样的人，因为需要帮助的情形多半是意外的、突发的。那么平时就要有这样的心理准备，帮助别人时先帮助自己，告诫自己：帮助别人可能带来麻烦，结果可能完全出乎你的意料也没关系吗？可能有物质损失和精神折磨也不在乎吗？不被接受反被讥讽也能够平心静气地对待吗？

这些疑问其实在你的经历、学识、家庭熏陶中已有答案。

不帮，心里放不下，那是一定的；帮了惹麻烦，那是不定的。

帮助人的最佳境界是不是帮者真诚，不计回报，被帮者怡然，心怀感激？

不要什么都听、都看

人不一定要将与自己有关的事情都看到、都听到，而且，绝对不能都看到、都听到。人，之所以为人，又是这样复杂社会的人，说人和被人说都是难免的。你的所作所为不一定都对，起码别人认为不一定都对，这势必招人评说，或称颂，或诟病。倘若你将这些都看在眼里，听进耳里，再刻进心里，你的负担该有多重，你还会有轻松愉快的生活吗？赞扬你的，可能叫你昏昏然、飘飘然，批评你的，可能会使你悻悻然、愤愤然，让你不知所以的，也可能叫你茫茫然、惶惶然。

过往你做得对与错、好与坏，只问你的心。"不以物喜，不以己悲"，任人评说就是。未来的如何做，结局怎样，也寻着一贯的心路而行便是。

所以，要想平静、宁静，就要有意识地选择失聪、失明，能不看的不看，能不听的不听，更不刻意地打听点什么、偷觑点什么，轻轻松松地做人、走路、生活。

动静小一点的好

流沙在《声音》中说，好品质的东西声音都不大，我颇有同感。对于做人来说，就是低调。

人活着为什么非得弄出那么大的动静？招摇过市，脚下生风，就不怕跌跤、碰壁吗？何不稳稳当当的，悄无声息地走，那多轻快。周遭的空间本来就不大，你愣要搞出很大的声响，张扬、跋扈，处处、事事都要争个尖儿，那就免不了别人用眼角瞥你，用鼻子哼你，用嘴巴说你。

你的过分动静，影响了别人，也难免影响自己的心理。偶有目光过来，看不到欣赏、鼓励，而是不屑、鄙视，甚至还带有仇恨。得什么样的心理素质，才能承受？有些人想出人头地，不惜代价，上蹿下跳，深陷其中，最后还是跌个鼻青脸肿；而有的人则不然，置身事外，淡然平静地面对一切。名誉的旗子是不是高升，是不是随风飘扬，他都不在意。是好是坏，舒坦就得。

从 "伴儿" 说开去

　　所谓的 "伴儿"，就是同行相伴。作为伴儿，身份要相当，地位要平等，下属陪上司出差，就不是伴儿，那叫随从。硬要说是伴，也是伴君如伴虎的伴。

　　伴儿分为预定的和长期的、邂逅的和临时的。前者如夫妻，要相伴人生路，要踏实。后者如驴友，要解除旅途寂寞，要浪漫。

　　工作上的搭档也是伴儿。

　　伴儿可以成为朋友，也可能变成仇人。

　　伴儿要在生活的路上相互需要、配合、扶持——物理需要的成分多些。朋友要在心路的历程上相互给予，相互倾听，在危难的时候相伴左右——心理需要的成分多些。

　　伴儿与朋友有时是合一的，如老夫妻、老搭档。

　　与君子可以成为朋友，与君主却不能成为朋友。要想当好这个 "臣" 要有奴性才行，稍有比肩和抗辩，就要遭到 "修理" 或者 "修葺"，乃至被 "消灭"。

　　伴儿不需要 "时间" 的度量，和则伴，不和则散，简单；而 "朋友" 确实需要时间的磨砺，要散的话会有纠结和痛苦，不简单。

寂寞

　　不管是高官还是平民，不论是百万富翁还是囊中羞涩的穷人，都有寂寞的时候。引起寂寞的原因不一样。有的是因为没权没势，门可罗雀，没人理睬，所以寂寞；有的也可能是权势太大，能出其左右的没几个人，偌大的亭台楼宇之中只有几个佣人远远地做着手中的活计，没处彰显，所以也寂寞。

　　恨可以引起寂寞；爱同样能够引起寂寞，这种寂寞可能是悠远绵长的。寂寞有时很轻，飘忽一下就过去了，没有留下什么痕迹；寂寞有时也很重，压得人透不过气来，让人承受不起，也可能让人伤痕累累。

　　寂寞袭来，对人的影响如何，关键看你的内心怎样。有的人可能受伤不小，整天郁郁寡欢，茶餐无味；有的人可能反而觉得是一种享受，安宁、平静而又悠闲，坐看云卷云舒。

　　偶有小寂寞不是什么坏事，寂寞时，可以看清周围的林林总总，包括自己的内心。看清了人、看清了事，往往就知道下面的路怎么走，脚怎么迈了。

热恋

　　相恋的男女，见的不少，听得更多，不管是婚前还是婚后、婚里还是婚外，热恋都不会持久。火花早晚会熄灭。炽热的誓言渐渐地冷却了，相恋的男女也回到了现实。梦幻般的昨天，变得昏黄而又模糊，仿佛自己不曾经历；如胶似漆的两个人，有的变成了亲人，有的变成了路人，有的甚至变成了仇人。不消几日，模样就会大变了，过去红扑扑的小脸，如今看来，有的是平静，有的是冷漠，有的是憔悴，也有的是狰狞。曾经有过的热度不再重现，耀眼的火苗刺啦一下就消失了。回望来路，真的不敢相信，那昨天的桩桩件件居然发生在自己和另外一个人的身上。找回是不可能的，只有傻瓜才那么想。但我也的确见识过这样的傻瓜，或是在路边张望，或是在街角蹲坐，或是在树下啜泣，嘴里还嗫嚅着"再给我一次机会"。当然，也有昂首前行的，或是相互搀扶、温情互望的。孑然踽行的不在少数。

　　喧嚣的世界寂静下来。少顷，闹声再起，身后又有誓言飘向空际。

思恋与尘埃

　　离开的那一刻，便踏上了思恋的苦旅。前行满是荆棘和风雨，脚下是不平的阡陌和鞋子上那狼狈的泥土。好久没有了消息，绝望中已经将思恋的目光放得越来越低，低到风干的尘埃里。过了许久，当被埋在尘埃里的思恋就要在窒息中死去的时候，她突然活了，是尘埃给思恋以根基、以孕育。她慢慢地不声不响地露出头来，眨巴着怯生生的眼睛，寻觅着那一份清丽、那一缕阳光、那一个熟悉的影子。

爱

我想站在你的身后，
盼你能够回头，
无须说话，
只要看到那笑靥、那明眸。

我愿坐在你的对面，
看你那温润的唇，
不用抬头，
只要看到羞涩的低眉和摆弄的指头。

深深的吻

温润的唇，
传递的是真，
浸透的是纯。
有时是林间的小溪、远天的丝云。
有时是江河澎湃、万马千军。
有时令人酩酊大醉，
有时叫人不酒微醺。
有时冷，冷得拒人千里。
有时热，热得叫人在沸腾中沉沦。
有时冰美俏傲，
有时小鸟依人。
如"火机"般的性格，
冷冷热热，难以探寻。
一只眼睛，
便是一泊湖水，
可以叫人悠然荡漾，
也可以猝不及防地把人吞没。
湖水你能否告诉痴心的人，
未来可是一个深深的吻？

天意

风吹叶落，
落叶不久就成了脚下的泥。
虽然离别不久，
但你已经把他忘记。
不记得了吧？
唼唼私语，
夜半灯熄。
不敢相信，
是奇迹还是天意。
过去的，
真像秋风掠过面际，
不留下一点点、一滴滴，
哪怕是丝丝凉意。
星斗下，
浓夜里，
飘向远方的是那一声叹息。
是离别，
已别离。
秋意潇潇，
寒意渐浓，
下一步台阶，
就可能是冰天雪地。

那渐渐远去的背影,
是乞丐还是王子?

问

她为什么不能冷酷到底？
每当他绝望时，
东方又露出希望的微曦。
她是过不了自己的关隘，
还是怀里暖着他的情意？
他陷得太深了，
深得几乎窒息，
窒息中触不到黑黑的谷底。

久久地寻觅，
哪里可以找到一条解脱的通衢？
苍天你是否会说，
只有涅槃，
才是唯一的生机？

济州岛上空的霞光，
不能缓释灵魂的迷离。
问世间情为何物，
是抚慰的暖手，
还是蹂躏的铁蹄？

醒来

流水不再，
去意难留，
乞怜换取的爱，
怎能长久？
醒来吧，兄弟，
她是一只彩蝶，
只是偶然路过，
停在你的枝头。
你可知道，
不管黑夜，
还是白昼，
无论表白，
还是企求，
所有的一切一切，
都已伴水东流。
内心的呐喊没有告诉你吗？
放手！放手！

云游

灵魂在空际中云游，
昏昏然，
已经很累很累，
但无处停留。
枝头、山峦、涧水，
寻寻地只觅得了一缕缕忧愁。
狂风撕乱了毛发，
冷枝刺破了衣袖。
无望的期盼，
哪管那日日消瘦。
生命的礼花在夜空中绽放，
陨落时别带灵魂去远方漂流。

流浪

痴痴地望，
呆呆地想。
身边川流的车河，
也搅不醒心地的蛮荒。
为什么离去？
不是说要地久天长？
为什么又见？
见了之后仿佛不曾经历过昨天的时光。
是的，我不富有，
凛冽的寒风里，
不能给你炉火正旺的暖房。
有的只是薄薄的围巾，
笨笨地给你围上。
你曾说，早已准备好了行囊，
随时跟我去远方流浪，
为了我们的未来、我们的理想。
可现在看来，
肩上的背包里，
没有装进现实的重量。
轻飘飘的，
一有小风都会悠荡。
别了，保重，

我独自去远方。
当我向你挥手的时候，
也许会有些感伤，
但时间久了，
就会一点点淡忘，
尽管我的内心刻有滴血的痛伤。

路由自己走

一个人走累了，不妨坐下来小憩一下，回头看看路走得怎么样。不是笔直的这是肯定的，没有那么平坦也很正常，其至有弯曲和迂回的地方也可以理解。有没有深陷泥潭的路段？有没有落入陷阱好久没有爬上来的经历？有没有总结一下是什么原因致使的？从中悟到了什么没有？一路上，有没有给别人下套子、使绊子？你所经历的坎坷跟你的所为有没有关系？有人说搬开别人的绊脚石等于为自己铺路。这句话是不是有一定的道理呢？为别人消灾就是为自己祈福。

本来红红火火的生意怎么就衰落了呢？还不是自己砸了牌子。前几年还健健康康的，怎么现在就百病缠身呢？还不是自己糟蹋的。如果早注意一些，何至于此。你不给别人方便，或少给别人方便，人家会对你怎么样？取巧是小聪明，派不上大用场。这里所说的"人家"其实也包含我们自己。

你给出的注定要还回来，不管是善的还是恶的，只不过时间不定，形式不定罢了。路总是要走下去的，休息好了就起来，一路走好，走得更远些。

目标与人生

　　有什么样的目标就有什么样的人生。目标定了，就知道路怎么走了。目标正了，你的脚印一溜儿顺，你还可边走边欣赏路边的风景；目标歪了，难免跌跌撞撞，一路歪斜。心怀鬼胎，哪还有欣赏路边风景的心情？目标与人生有关，也与心情、健康有关。一个人预定的目标要适合自己，超出自己的能力，就是自讨苦吃。有的人，知足知止，够本就满足，再好的东西不是自己的也不伸手要，应该是自己的但要付出额外代价，比如丢掉尊严也不会要。而有的人则不然，认为容易满足是胸无大志的表现，一生不轰轰烈烈便愧对自己、愧对祖先。其间的取舍，就看你对自己如何定位，是指点江山，权倾一时，呼风唤雨，唯我独尊，还是小富即安，安贫乐道，到老了含饴弄孙，不愁吃穿，也就于己无愧，笑对先人了。

　　目标无大小，人生无高低，只要笑着走来，安心走去，也就可以了。

人看中现实却又喜欢预期

人首先看中现实，钟情真实感。比如，五百元钱的购物卡和五百元钱的实物，人们可能更喜欢实物，一千元的存折和一千元的现金，人们可能更喜欢现金，因为实物和现金都具有真实感。输赢也一样。牌桌上，输一千元恐怕会让人很恼火，可是如果炒股票亏掉一千元可能就无所谓了。薪酬待遇上，如果现在给他减掉一千元，未来给他两千元的期权，他也不会满意，因为这一千元是既得的，是刚性的，是真实的，期权对应的钱虽多，但对于他来说是未来的，不够真实。

人其次又喜欢预期，也不能没有预期。预期使人坚持，预期令人承受。人要是绝望了，可能就会选择放弃，不仅放弃他人，也放弃自己。

炒股票就是炒预期。炒政策的预期，炒经营的预期。有预期就积极介入，没有预期或预期不好，就会选择离场。人们为了买房、买车而努力赚钱，尽管辛苦，也心甘情愿。

小的现实，大的预期，都叫人开眼。

令人忧虑的教育现状

　　应试教育是中国教育的最大弊病。按说我应该感谢应试教育，因为如果没有恢复高考，我现在还是一个地地道道的农民或农民工。但现行的教育体制确是存在问题的。孩子们从小就被应试教育所累，要紧盯住分数，希望将来能考进一个好的学校，从而有一个好的工作。由此就有了择校之类的事情出现，从幼儿园开始就要最好的，然后是小学、中学，再就是大学，如此的发展就有了"我爸是李刚"之类的拼爹现象。每个阶段，家长都免不了请客、送礼、拍马屁，孩子从小就接触这些东西，长大会怎么样？能够成为正派的好人，那真是幸运。

　　中国孩子的童年是不快乐的。且每一个阶段都是为下一个阶段做准备，童年为少年做准备，少年为青年做准备，青年为壮年做准备，壮年为老年做准备，老年就为死做准备，独独没有为当下做准备。

　　学校是培养一种自学的习惯，一种勤于思考和独立判断的能力的地方。我们不妨回头想一下，当我们出了校门，抖抖衣服，身上还剩什么，除了轻松，就是轻松。脑袋里空空如也，到了工作岗位，在校所学的，几乎没有什么用处。

　　就业不成或为了找到好一点的工作，就继续考研，考上研究生以后，也不乐观，学生不是教育的目的，而是导师的工具。有的导师为了升迁或出名，搞一些所谓的论著、论文，一般来说，他只是出一个题目，最多有个思路，其余的都交给学生去做，不做不行，做不好也不行，因为他的手里有"生杀大权"，做不好，就不让毕业。不但学校的事情叫学生做，他的家务学生也得包下来，更有甚者，他的女儿、侄女也要嫁给你，自然，她们的条件不如你，否则怎么会看上你呐。

老与记性

当一个人为了记起上一顿吃的什么东西而费了好半天的时间，仍在两眼发直地苦想时，这说明他已经老了。到了吃什么饭干脆就记不得了，或不去记的时候，他又进到了一个新的层次，离阿尔茨海默不远了。到了这个时候，他是不是也像忘记吃了什么一样忘记刚刚经历的烦恼？如是，那也不失为一种幸福。轻松地过每一天，仿佛进入了禅的世界，没有了包袱，什么都不放在心里，只活在当下，活在眼前，纷扰的世界已不在他的心里了，他的世界简单纯净，也可能有些幼稚得可笑，但对于他来讲这是幸福的，他可以安静地接受一切，这样真的可笑吗？可笑的可能不是他吧，我们执迷的、固执坚守的，到了他这个年龄可能都不值得了，都不必要了。年轻时放不下的东西反倒是幼稚可笑的。随着年龄的增长，我们会积淀许多珍贵的东西，会醒悟，也学会了放下，如果能在记得吃什么饭的时候就醒悟，就懂得放下，那该多好！

老了

　　卖场服务员叫你阿姨（叔叔），你不高兴，将选好的衣物丢下，转身去了另一个柜台，这个时候你已经老了；你走在路上与擦肩的人比年龄，或与你的同龄人比觉得自己要年轻几岁，这个时候你已经老了；你间或有跳跃的想法，但试了几次，跳起来没有两寸高，这个时候你已经老了；你前一分钟已经想好干什么，并已朝那个方向走去，中间有什么东西分了一下神，后一分钟就不知前一分钟想干什么，这个时候你已经老了；你经常注意别人的头发秃了多少或者白了多少，这个时候你已经老了；你刻意做一些本应是年轻人才做的事情，并尽量去彰显，这个时候你已经老了；你常常回忆，吹嘘自己当年如何了得，这个时候你已经老了；你晚上不到九点钟就困，早上不到五点钟就醒，这个时候你已经老了；你看到哪个上岁数的邻居病了或"走了"，就马上联想到自己，这个时候你已经老了。

老与少

老与少显然是两个年龄阶段。少，年轻，有朝气，有活力，冲劲十足，永不言败；老，成熟、稳重，经验丰富，少犯错误。少有少的作为，老有老的价值，少有少的奉行，老有老的遵循，少有风貌，老有风度，不能错位。如果老的装嫩卖萌，甚至做什么垫胸除皱之类的手术，你说是不是恶心；相反，年纪轻轻就老气横秋，装什么都经历过，或看破红尘毫无斗志，或唯我独尊，霸气十足，恐怕也不招人待见。所以，什么年龄段儿，就应该干什么样的事情，就该有什么样的秉持。不然的话，就会让人看不起。

说"萌"

现在网上流传或者说盛行"萌"。萌一般出现在小孩身上。小小年纪，机灵古怪，挤眉弄眼，吐舌嘟嘴，好玩，可爱。可这些"萌"要是出现在大人身上，就不敢恭维。现实生活中，偏偏就有这样的人，一大把年纪，还要装萌，不管是言谈还是举止，都要扮嫩，扮得蹩脚、笨拙，还自我感觉良好。可再怎么涂抹，再怎么拉皮，也掩盖不住那浑浊的眼、沧桑的神。

不是说年龄大了，就该老气横秋，清纯一样是可以有的，不过，那不是装出来的，而是内在的东西，自然流露而已。老小孩的萌，是内心的纯净、举止的优雅，是一种美。

按说，卖不卖萌，是自己的事情，只要不拿出来秀，与旁人无关。但要是刻意拿出来卖弄，在网络微博什么的晒一晒，就有些不妥了，自己不要面皮不打紧，关键是不要污染了环境，愚弄了大众，伤害了儿童。

不知思维有没有点跳跃，由卖萌就想到了装嗲。老大不小的人，发出意在表现出甜丝丝的声音，让人接受起来的确有点困难。明明是北方的，非得刻意装成南方的，明明是大陆的非得扮成台湾。更为可笑的是，一个大老爷们，还要装成女人的扮相、女人的腔调。

反正，不管是卖萌还是发嗲，感觉不错的话，就在自己家里自产自销吧。

睡觉与生命

年轻人觉多，老年人觉少，这是自然规律。这种现象或许是因为老年人来日无多，用少睡来延长生命，而年轻人未来的时日还很长，根本看不到也无须探究生命的尽头，不会在意时间在睡眠中溜走。

大梦如小死。睡觉是生命延续的必需，人不睡是不行的，几天不睡，生命也就完结了。但同时睡觉也是对生命的销蚀，睡得太多，不利于健康，睡觉本身即是对生命的掠夺。适度很关键，少则不可，多则无益。

变

变好了，变坏了，变胖了，变瘦了，变老成了，变世故了。变，是人的一种常态。这里想说的是内在的，不是外在的。人随着年龄的增长、职位的变化，无论对人还是对事，价值观都在变化。过去的朋友，甚至是恩人，如今可能变得没有以往的情谊，不再是过去那种关系了。昔日的觥筹交错、勾肩搭背、穿一条裤子都嫌肥的亲密不见了，硬要重温也是硬生生的、怪怪的，双方都找不到过去的感觉了。尤其是在一个人情况变好了，一个人情况变糟了，而且差距还比较悬殊的状况下，好的一位疑似居高临下，差的一位不想被人误解为巴结。所以，两个人的情谊不可能重回过去。过去的就只能过去。

社会地位决定朋友圈子。无论过去是同学也好，战友也罢，今天是今天，千万别去搬昨天的事，搬了也没用。今非昔比，地位变了，心理能不变吗？

当你遇到这种"情变"时多一分理解吧。

不变的难得，变的正常，各安天地，不怨不悔。

别样天地

一个人在一种状态下久了，难免倦怠、生厌。一个位高权重的人，天天是前呼后拥，这个时候，他非常希望能安静下来，独享没有侵扰的空间。可一旦从这个岗位上退下来，手中没有了权力，昔日的好友亲信、芸芸的拥戴者忽然不见了，偶遇一昔日不曾瞧上几眼的下属，他便热情得不行，又是握手又是让茶，叫人怔怔的坐也不是走也不对。面对这种情景，他能不黯然，他能不怀恋那轰轰烈烈的昨日吗？

农民蜂拥城市，一方面是打工赚钱，另一方面是开开眼界，看看这个熙熙攘攘的世界。城里的人喜欢郊游，离开喧闹的都市，到农村去，静静地游，慢慢地走，睡火炕、吃饼子，体味一下别样的滋味。山珍海味吃多了，就要来点小米稀饭、咸菜萝卜。

不管是眼前的日子，还是面前的社会，抑或是芸芸众生的大千世界，每时每刻都在变，有的变好，有的变差，变是恒定的。在这样的变化中，我们或主动，或被动，总之必须面对。面对已有的昨日，也须面对变化的今天。未来也会变化，你会有别样的天地、别样的感受、别样的悸动。不管你是不是准备好，变化就在门外。

可怜与可恨

可怜之人必有可恨之处。这句话人们常常听到。有的人就是让你从心底生出一种酸楚，随之是愤愤不平的侠义之感，想为他做点什么。针对他的不公、诟病、戏弄，让你愤慨的心理很强烈，甚至想替他反击，像保护弱者般地挺身站在他的前面。可突然有一天，你意外地发现，最初的印象错了，一件事完全颠覆了他可怜兮兮的印象，你心底反倒升腾一股无名的火，恨他的无能、无知、无尊严、无人性等。你恍然觉得那些人对他的态度是有缘由的，他的境遇怪不得别人，"罪"有应得，是活该如此。自己原来的怜悯用错了对象，有种被愚弄的感觉。自己过往的那种唏嘘、不平显得十分可笑，自己仿佛被嘲讽了一般。哀其不幸，怒其不争。他所遭受的是性格使然，没有什么好可怜的。

可恨之人也有可怜之处。可恨之人，大多有被恨的"资本"，比如权力、金钱、美色以及凸显的个性。当然，这些资本均被不当利用。这些人是不是就彻头彻尾的可恨？恐怕也不尽然，因为他多半不可能完全泯灭人性。他应该有孤独的时候，有被离弃的时候，有不眠的时候，有心灵被拷问的时候，有被他人所不齿的时候，你说这个时候他可怜不可怜，起码应属于可怜的范畴。

多数人对可恨之人的态度是保持默然。事不关己，听之任之。不对之口诛笔伐，嫉恶如仇，也不与之为伍，助纣为虐，更不去开罪于他，引火烧身，自找苦头。对之采取能远则远、能避则避的态度。偶尔的可怜也被不屑所覆盖，独善就好。对可恨之人的可怜，有"圣"的意思，有"禅"的味道。可恨之人确有可怜之处，但对其施之怜悯的不多。

云

你，
是一个谜，
我看不清你的面容，
也摸不着你的边际。
你有时很冷，
冷得叫我战栗。
有时很热，
热得令我窒息。

你有时突然消逝，
消逝得没有一点痕迹。
有时又悄然出现，
仿佛不曾离去。

你就像我的女人，
只要抬眼你就在那里；
可你又似别人的娇妻，
跟我没有一点关系。
明明就在昨日，
你应该记起，
我们一同欢笑，
一同哭泣。
你欢笑时，

阳光就在你的背后，
你哭泣时，
连鸟儿都漫洒泪滴。

我曾确信，
我拥有了你，
可当抱紧时，
你又空气般地不在怀里。
你知道我多么无助吗？
几乎没了转瞬的力气。
你究竟要怎样？
牵着我的心弦去哪里？
是祈祷的圣地，
还是寂寥的天际。

为了寻找你，
我太累了，
也曾发过誓，
不再理你。
可一次次均告失败，
不曾有过一回胜利。
我不能自已，
也轻看过自己，
给予别人的心，
不在自己的胸膛里。

你娇媚，
你飘逸。
你冷酷，
你无视。
一次次成像，
都留在镜头里。

我知道，
沦陷了，
人生里，
不能没有你。
可你能不能守常一些，
让我实实在在感受你。
可我知道，
说了等于没说，
这也许就是，
令我迷恋的道理。
不远不近，
不即不离。
这才是你的性格，
我不能自拔的秘密。

我，
总想起你，
不管是在朝阳下还是在夕晖里，
不管是南潮落还是朔风起，
不管是在东土还是在西域，
不管是高兴还是生气，
只要见到你，
一切一切都不是问题。

你仿佛是仙女，
既真实，也迷离。
在树上、山尖，也在天际，
在眼前、心头，也在怀里。
远的时候，
看不到踪迹，
近的时候，

分明能感受到你的气息。
你无常，
你神奇。
你左右冷暖，
你掌控生息。
我爱你，
爱得没有颜面，
爱得没有道理。
这悲惨的暗恋，
到底值不值？
可要是没有你，
干瘪的人生，
还有什么意义。
只要你想，
我就陪你浪迹天涯，
借风而去。

我傻了，
经常忘记了季节，
入冬了还穿着单衣，
经常忘记了时间，
黑屏了还盯着手机。
总期盼着有你的讯息，
哪怕是只言片语。
即使是，
一个眼神、一点笑意，
浓浓的阴团里，
露出淡淡的微曦。

我知道，
你不可能属于我，

一有风吹，
你就会消失。
我常常自责，
没有办法留住你。
在懊悔中蹀过街头，
在孑然中涉过小溪。
当我疲倦得快要不能呼吸，
你又出现在柳梢，
出现在山脊。
我怎么办？
是招手还是不理，
是追逐还是放弃？
这是没有答案的问题。
你就是云，
云就是你。
不管是遗忘，
还是记起，
你就在那里。

友情是变化的

友情是可变的，不要幻想它会永恒，它会随着时间、空间、地位和其他利益条件的变化而变化。昨天有昨天的朋友，今天有今天的朋友，明天肯定有明天的朋友。朋友之间的关系是比较脆弱的，一遇利益的考验，就容易变形，容易碎裂，像玻璃瓶一样，掉到地上就碎了，从撒手到落地也就是一眨眼的工夫。

长时间不联系，友情慢慢就淡了；相隔两地，久不见面，生活和工作没有什么交集，友情也就慢慢地化于无形；以前的朋友升迁了，或发迹了，即使再平易可亲，目力所及的范围里可能也就没有你的身影了，久而久之朋友的关系自然就无疾而终。真正的朋友并不多。多半是因为某种利益而把大家圈在一起，一旦利益发生变化，特别是利益发生冲突，这种朋友关系就被打破了，所谓的友谊也就完结了。

所以，朋友离你而去，友谊不再了，要想开点儿，不是你变了就是他变了，到了这个时候，也不必强留住曾经的友谊，去就去了，在心里道一声珍重，给朋友以祝福。友谊在时，珍视友谊，悉心呵护；友谊逝去，更要洒脱清明。

拥有朋友会让人幸福和满足，没有朋友的人生是悲戚而又荒凉的。但别期望太多，朋友不在于多，一生能够有一两个真正的知交足矣。

说与做

我们观察一个人，评价一个人，一般不是听他怎么说，而是看他怎么做。少说多做，往往能够体现一个人的品格，赢得周围的好评。相反，说得再冠冕堂皇，实际净干一些见不得光的勾当，日子久了，就被人看穿了，赞许也就消失了。说得多、做得少肯定不会招人待见。

事实上，我们不能忽视另外一种情况："说"得不好，也会削减"做"的效果。有时哪怕是一句无意的话，如果没有"过"脑子，都会把之前的所有付出一笔勾销。之后多少补救的努力，都无法弥补当初的言语之失。

唇枪舌剑，话语伤人。

位置越高，说话越重。语言仿佛自由坠落的长矛，落地那一瞬间，杀伤力已几倍于初始。

被尊重和仰慕的人伤害，远远甚于一般关系的人。而且，恶言毒语往往最容易使亲近的人受伤。而陌生的路人，遇此境况，顶多白一眼、骂一句，将恶言毒语者视作疯子而已。

不做不说，都比做了之后乱说要好。

批评总是不被欢迎的，哪怕说的再有理。

指责抵消给予，国事、家事莫不如此。

良言一句三冬暖，恶语伤人六月寒。"说"的反响，不亚于"做"的效果。负面的就更是如此。授人以柄，往往源于"说"。所以古已有话柄、话把之类的说法。

分寸

生活中，不管是做人还是做事，分寸的拿捏，也就是度的把握，非常之重要。就如真理一样，少一分就是呓语，过一步就是谬误。恰当才好。比如，诚实过了就是笨蛋，勇敢过了就是"二虎"，算计大了就是抠门，叮嘱多了就是唠叨，睿智过了就是狡黠，矜持过了就是矫情，热情太高就是傻帽儿，活泼大了就是得瑟，彰显门外就是吹牛，技巧的身后就是欺诈。

分寸的把握，就是智慧的彰显。

引路

前几天去检车场检车，本来已经在网上预先查好了检车场的位置，基本清楚了路线。不巧当天验车前因临时出去办事，结果搞乱了方向，去验车场的路左找右找都不对，下车问了几次也没有搞清具体位置，正在车边茫然失措的时候，一位骑三轮车的人主动问我要找什么地方，知道了我要去的地方，他便主动提出要带我过去。我将信将疑地跟在他的后面。这个人骑的是电动三轮车，后边的车斗里还放着一团绳子，估计是拉脚揽活用的。一路上，他在前边走，我在后边跟着，没有语言交流，只是遇到拐弯变道不时给我一手势，看我跟不上就在前边等一等。就这样，他走我跟，大约过十五分钟左右，他又给我一个手势，示意检车场到了。我忙摇下车窗，把准备好的十元钱递给他，说了声"兄弟，谢谢"。可他没有接钱，脸红了一下，说"不用"便急急的走了。我看他匆匆的背景，糊涂了，之后便感到深深地不安，我是不是曲解了他的好意，那车窗递钱的举动有没有侮辱的成分？向着他的背影，在心里再一次说声"谢谢，兄弟"。

这件事儿虽小，但却叫人不能不深思，一个普普通通的平民兄弟，这十元钱，对他意味着什么，不放在眼里吗？可能不是，那辆三轮车，一天能给他带来多少个十元，十元钱他要付出多少辛苦才能得到，但这十元他没有拿，甚至连拿的念头都没有。相反，自己倒渺小得很，同时也惭愧得不行，刚才还在为给十元还是给五元纠结了一下。

商品社会，市场经济，货币是不是唯一交换的媒介，应该怎样评估人与人之间的关系。

在北京这样大都市，平民情怀是不是更加可贵？

经历与经验

　　经历多了，经验自然就产生了。当然也有例外。一是从别人的经历中获得经验，那是智者；二是即使经历了多次，也不知从中吸取点儿什么，一再犯同样的错误，那是愚者。

　　大多数人都是平平常常的人，都是从经历中总结经验。所谓见多识广，就是这个意思。所以我们不能拒绝经历，哪怕这个经历不那么愉快，甚至是痛苦的，但只要我们直面它、分析它，以后的日子里避免它再次出现，那么经历就是经验，经验就是财富。

好恶

无论谁，都有人喜欢，同样也有人厌恶。喜欢和厌恶，一般来说是有原因的，但有的时候这种喜欢和厌恶，是毫无缘由的。两个人根本没有什么交集，甚至连擦肩的际遇都不曾有过，只是那么一个耳闻，或者荧屏上的一个照面，或者报纸上的几行小字，就把喜欢与否的印象铸就了：热情的，冷淡的；诚恳的，虚伪的；灵动的，蠢笨的；诚实的，狡诈的；纯洁的，俗艳的；义气的，苟且的，等等。这些感觉形成以后，好恶就在心底扎了根。态度自然也就有了，或支持，或反对。在此基础上，产生了一个个的圈子，如娱乐天地的粉丝、工作中的团队、生活中的朋友哥们……

一个人，不管他（她）的能力多么强，人品多么好，都不可能让所有的人喜欢。不喜欢你的人肯定有，你都不知道什么时候，因为何种事情，就把人得罪了。如果这样那就只好随他去了，只要自己问心无愧就行。你刻意去取悦他，那是徒劳，也没有必要，非但不符合人性，而且你要是一个正直的人，肯定也做不到。

有人不喜欢你，同样，你不是也有不喜欢的人吗？心底里的好恶，是自由的。最好不要轻易付诸行动，否则，后悔的可能是自己。

小心与大胆

　　小心，就是谨慎吧，采取什么行动之前，都深思熟虑，再三地考虑评估。小心确实必要，有时稍一疏忽，就铸成大错，到时后悔莫及，留下终生的遗憾。

　　有的人，一生都小心从事，满足于已有，没有更多的奢望，平安就好，不羡慕别人声名显赫、大富大贵、光宗耀祖，而是平静地过自己平凡的日子。慢慢地走在人生的路上，静静地欣赏路边的风景，细细地品味生活的滋味。

　　有的人则不然，抱负远大，雄心勃勃，在人生的路上，把目光放得很远，常常怀着清爽的心情，大胆地迈开步子。跌倒了，爬起来，拍拍身上的土，揉揉疼痛的膝盖，继续前行。挫折之后，不气馁，不沉沦，痛并快乐着。

　　大千世界，芸芸众生。有小心的，有大胆的，有疾行的，有漫步的，有内敛的，有张扬的，有喜欢独处的，有喜欢前呼后拥的，有喜欢小富即安的，有喜欢富甲天下的。这是人生取向的不同，不能说谁对谁不对，只要吃得下，睡得稳，心灵不寂寥、不忧伤、不狂躁、不蛮荒就好。

希望与绝望

泰山比较难爬，难爬不在它的高、它的险，而在于它上山的路。台阶陡峭不说，关键是那望不到头的十八盘。看不到尽头，就感觉不到希望，没有希望就没有力量。爬着爬着可能就有放弃的念头。如果是情侣一块爬，情况也许会好些，因为他心中的希望抵御了面前的绝望。

人生的路也一样，当遇到重病缠身，意外打击不断，或其他看似不能逾越的坎，这个时候往往就会有绝望的念头。如若加上朋友的离弃、亲人的嫌弃、社会的遗弃，那么他（她）就会没有坚持下去的勇气，就会选择极端，将仅存的一点勇气聚拢起来走向"解脱"，以此来维护自己的尊严。可悲也可惜，朋友、亲人、社会有一个能贴近他（她）、宽慰他（她）、理解他（她），说不定他（她）就能挺过来，和我们一路走下去，时不时地收到那欣慰的眼神和会心的笑。

一个打工母亲的心里话

过年了，
留在家里的你重回身旁。
短暂的相聚，
是不是能缓解长思的忧伤。

从开始离家的那个时候起，
妈的行李就沉甸甸地
装进了你的思、你的想。
妈妈常常夜里做梦，
梦见你笑的模样，
更多的是哭的脸庞。

记得第一次离别的那个早上，
你扯着妈的衣襟，
哄了半天手也不放。
你扯的不是妈妈的衣襟，
分明是妈妈的肝肠。
撕心裂肺的哭喊，
在路旁的树丛里回荡。

后来的别离你就不那样，
只是默默不语，眼泪汪汪。
这就更让妈担心，

我知道我的心在搅，
也知道你的心怎样。
可汽车来了，
妈还是放开了手，
不然又能怎么样？
妈不是心狠，
是为了让你过上好日子。
原谅妈吧，
世上没有不心疼自己孩子的爹，
更没有不惦记自己孩子的娘。
汽车开动了，
你的影子渐渐变小，
只剩下快要模糊的花衣裳。
妈妈走了，去了远方。
回座后，妈不顾周围的目光，
泪水一个劲儿地流淌。
没有办法，
妈妈又像男人一样上工，
像汉子一样进场。
妈也不想离开自己的孩子，
不愿离开自己的家乡。

这次春节爸妈不回去了，
接你来城里逛一逛。
虽然住的不是我们盖的大楼，
而是沟渠边上的简易板房，
但你没有挑什么，
脸上一直挂着喜气洋洋的笑。
你的心里怎么想，
没有嫌恶爸妈的不好和窝囊？
可我们已经尽力了，

只能给你这么多，
攒下来的钱都留给你，毫不掩藏。
希望有一天你能住上宽敞明亮的洋房，
你和你的孩子不再分开，
快快乐乐地生活在这个世上。

心之一 修炼

闲言碎语（三）

纯洁跟幼稚为邻，与白痴相伴。人们喜欢纯洁，那是希望别人纯洁；人们又不屑纯洁，那是不愿自己纯洁。在现今的世界，最好是他人纯洁，少些欺骗，自己复杂，少些被骗。

讨厌的人说的话即使在理也没理，喜欢的人所说的即使没理也在理。其衡量的标准不是恒定的。

哭后的笑和笑后的哭，都是心底发出的呐喊。

一个人千万不要成为别人的包袱，否则，不管是多么深的恋情、亲情，还是友情，都将消亡。只不过有一个时间长短的差异而已。

再好的木头，只要长了苔藓，离腐朽也就不远了。

知识武装头脑，文化滋养内涵；知识使人睿智，文化使人明理。

让人变得贪婪的不是贫穷，而是富有。在富有的状态下，还能保持淡然平和，得有很好的内修才行。

青春是最好的化妆品，内修才是无价的驻颜术。

懂得止损，比知道赚钱更重要。

直面而又善于躲开磨难，享受而又绝不挥霍幸福，这些都需要智慧和清醒的头脑。

信任是最好的律条。

企图用你的虚情换得别人的真心那是妄想，用诡计也办不到。

人的追求，没有那么神秘，不过就是干点自己想干的事。一般都把"追求"往"崇高"的肩膀上搭。其实，没有必要。每个人都有"追求"，只不过对"追求"的理解和定位不同罢了。硬要将"追求"往"远大"、"崇高"上靠，就有些做作和矫情了。

尊严在高处，只有踏上温饱的台阶，顺着修养之藤的牵引，才能触到。

一个人最难面对的就是自己。过了自己这道关，其他障碍还有什么不能逾越呢？

今天的不幸不能用昨天的幸运来抵消，而今天的幸运却完全可以补偿昨天的不幸。两害相权取其轻。由大不幸到小不幸已属万幸。

人是感情动物。你要别人真动情，你就必须动真情。别人不是傻瓜，如果真是傻瓜，你又何必巧言蒙骗。

要别人诚实，自己首先要诚实。诚实与诚实的碰撞，才能溅出情感的火花。

伤别人的心，等于打自己的脸。

打一个人的脸，会伤众人的心。

有时我们因为别人的感动而感动，因为别人的愤怒而愤怒，情绪具有传导性。

希望和忧虑是分不开的，从来没有无希望的忧虑，也没有无忧虑的希望。

有时帮助是一种侮辱，提醒便是一种伤害。

拒绝痛苦就是拒绝幸福，回避等待就是回避重逢。

今日的善良，可能是因为昨天的罪恶。

暴躁的脾气，往往是用来掩盖内心深度的自卑。

忘记来路的人，肯定走不远，不知去向的人，肯定走不快。

真正的快乐，不是彰显出来的，而是感受得到的。

温和才能从容，冷静才能明辨。

从激动的那一刻起便失去了主动。

无知唆使下的勇敢无异于傻蛋，智慧驾驭着的勇敢才能戴上胜利彩霞下的光环。

生老病死，人人平等；吉祥灾祸，世事无常。

什么是幸福

幸福这个词比较抽象，很难用一句话去定义。幸福这个词有时也很具体，具体到无须语言来诠释。央视曾经就这个问题进行过街头采访，回答有独特的，也有雷人的。

我的理解是：晚上能够舒舒服服地睡上一觉，是幸福；早上能够清清爽爽地醒来，是幸福；想去哪里能走到哪里，是幸福；有什么想法能够表达出来，也是一种幸福。这些看起来很平常的事，貌似跟幸福不搭界，其实不然，在现实生活中，想睡睡不着的人，想醒醒不来的人，想走走不了的人，想说说不出的人，大有人在。假设有一天奇迹突然发生，由不能到能了，那他（她）是多么倍感幸福呀！

有一个贤惠的老婆是幸福，有一个懂事的孩子是幸福，有无病无灾的长辈也是幸福。

有一个正直的领导是一种幸福，有几个能干的下属也是一种幸福，有一两个交心的朋友更是一种幸福。

当然，富有也是幸福，但要善用。贫穷的确不大容易感到幸福，家贫百事哀，苦中找乐，需要智慧。有了幸福，就要懂得珍惜。比如财富，不必要的挥霍尽量不做，显摆带来的快感比较短暂，那不是幸福。

小富即安

小富即安有两层意思。一是得到小财就知足，没有更多奢望；二是把不多的金钱放在兜里，安稳、踏实。当财富到了兜里装不下之时，喜滋滋之余便生出心慌慌之感。于是吃不香，睡不稳，不知将钱放在什么地方稳妥。这个钱来路不正就更是如此。

财富这个东西，没有寸步难行，但多到了一定的程度，也是没有用的，生活的用度是有限的，过度了，不但于身体无益，于心智也没有帮助。因此，有了财富也要懂得运用财富，要有舍得的襟怀。有舍才有得，是另外的甚至更高层面的得。舍得既是给予，也是放下。财富的放下，换来的是快乐，因为帮助了别人（不该帮的人除外）；负担的放下，换来的是轻松，因为背负的少了。

享受、困苦与意志

享乐可以销蚀人的意志，而困苦和挫折却可以成就一个人。媒体报道的、身边发生的也包括自身经历的，有无数事例都能证实这一点。漂亮的女人，可以用很多溢美之词来称赞她，她也确实令人赏心悦目，但她同时也能叫人意乱神迷。金钱也一样，它能带来很多东西，如地位、权力、荣耀。但这"荣耀"的光环也是项上枷锁，面对一个个落马、一个个消亡的现实，唏嘘之余，想想也是活该。

说到曾经的困苦和挫折，感叹中带着感恩。这些东西坚强了意志，在那么艰难的阶段都挺过来了，这叫坚持。好多成功都是坚持的结果。坚持就是忍耐，忍耐需要毅力，挺过来了，那就是令人敬佩的汉子。有这些磨难垫底，以后的路走起来就不会感到多么艰难。我相信有这种坚韧的意志，现在的境况肯定会好于过去。好多成功人士，都有不平凡的经历，走过不平坦的道路，辉煌的现在是过去磨难的闪光。

秋风之于树木，冰雪之于大地，萧瑟中裹挟着凄楚。寒风过后，一片片叶子从树上落下，飘飘摇摇，不舍而无奈。不用几日，叶片就黄了、干了，在行人的脚下，沙沙地作响，再过几日，就碎了，没有了原来的样子，更找不到那高高在上、亦醉亦仙的影子。抬头望上去，树枝也不由得叫人心里一惊，枝干仿佛一个失去了血肉只剩骨骼筋脉的人，虽然还有生命，确与骷髅无异矣。但寒冬过后，又会有新的枝芽萌生，新的绿意出现，新的婀娜腰身舒展。

财富是要计算的

　　财富能够满足人的两方面需要，即生理的和心理的。一月月，一年年随着薪水的流入，腰包一天天鼓起来，有意思的是，那种满足是一夜暴富的人所没办法体会的。到手的钱，在计算中一点点变成生活用品，满足方方面面的需要，那种幸福也不是大款肆意挥霍所能感受的。财富如涓涓细流慢慢地来，缓缓地去。当然也不能太抠了，变成守财奴也是不对的。如果财富多到不用计算，或者说无法计算，那时财富对所有者而言不过是数字而已。搞不好，这数字也可能变成梦魇的魔咒。

　　据说，北京幸福感最强的要数板爷——蹬三轮板车的哥们。一天挣个百八十元的不嫌多，挣个十元八元的不嫌少，有活拉活儿，没活儿，哥几个凑在一起，侃侃大山，无忧无虑。回家之后，老婆、孩子、小酒壶，吃得饱，睡得足。

　　说这些，也可能被认为是胸无大志，的确我的志向没有那么高远。唯恐奔向高远目标时的脚下羁绊，说不定还会遇到隐藏的陷阱和崖壁垂下来的吊颈绳索。容易满足，每月的薪水足以滋润我这巴掌大的心田。

　　我说的是计算，而不是算计。不能算计公家的账户，不能算计别人的腰包。非己勿想，非己勿碰。

状态

财富让人分心，利益使人分神。这不是空话，是从心底掏出来的实在话。当然，吃不饱，穿不暖，处于窘境拮据状态也不行，这会让人愁苦，让人志短。理想的状态是有够花的钱，够用的闲。衣食无忧，心下无愁。有闲暇的时间，看周围，看自己。到书里逛逛，到外边瞧瞧。安静，安定。不轻易得罪谁，也不刻意巴结谁。能够自由自在地散步，信马由缰地看天。到点就吃，到时就睡。

多年的朋友，最近不来往了，虽然可惜，但也不必耿耿于怀。人的生命都会失去，何况朋友呢？去就去了，刻意挽回也没多大意思。要是真正的朋友，不会轻易离去。一旦真的离去，说明原来的基础就不牢。基础不牢的建筑，注定要垮塌的，只是时间早晚的问题，这还有什么可惋惜的呢？

想开一寸，看开一尺。没有奢望，就没有烦恼。日子自然就舒坦嘛！

满足度

人的满足度是随着期望值的变化而变化的，要求的标准不同，带来的满足度也不同。人在不同时期对生理、心理、工作、生活、名誉和金钱等不同方面有不同的要求，满足度是不同的。人的一生都在比较，与他人比较，与自己比较，有消极的比较，有积极的比较。其结果就有痛苦和欣慰两种。

有的人食不果腹时能够吃上饱饭，就会感激涕零。而有的人腰缠万贯，坐豪车、住洋房，依然不满足，因为他还没有私人飞机。哪一个贪官还缺钱？金钱对于他们就是数字，无论怎么花，这辈子都用不完，那为什么还要贪，还要冒风险呢？因为要满足心理需要，因为他还不是最有钱的，所有漂亮女人还不都属于他，尽管已有很多情妇。

满足与不满足是相对的，做什么选择，走什么路，恐怕是见仁见智的。

物以稀为贵

物以稀为贵，是一句老话，但人们常常忽略它。前几天因为某件事情的触动，仔细想想这句话还真的包含不少东西，有真理，也有悖论。举几个例子看看。

对于领导和下属的关系，按常规下属怎么也要变着法地让领导满意甚至高兴。但奇怪的现象也有，如领导巴结下属。这是为什么呢？因为当官的多，当兵的少，谁都要手底下有人，有人干活，有人拥戴。

过去都是儿子耍乖卖萌，千方百计在老子面前争宠。因为子女多，谁受宠，谁就吃香。现在是一个孩子，父母反倒要在孩子面前争宠了，因为孩子少嘛。

有人群的地方，不管是职场还是舞场，男人和女人的比例多寡都决定了其位置的优劣。美女帅哥为什么有那么高的人气？还不是因为少的关系。

资本市场上，一个劲儿的 IPO，股票供应量大了，股价自然就下来了。

文艺界里也有让人难理解的人突然就红了起来的现象，我想大概也是因为稀少，一般人没有那击不垮的心理，不管什么样的事都能做，不管什么样的话都敢说。稀有动物都受到保护，在人类的族群里"稀有的人"也会受到格外关注甚至热捧。

浪漫、惊喜唯其难得才可贵，就连说话都是如此，有素养的人不轻易说话，整天叽叽喳喳的人恐怕层次也高不到哪儿去。所以说，不管什么东西，只要一多，就不值钱了，失去了原有的魅力。

生活中的饮食也是一样，整天大鱼大肉的肯定会烦。为什么窝头也会受青睐？还不是因为餐桌上稀有。

诸如此类，比比皆是。

拾起与放下

生活中，
要懂得拾起，
也要懂得放下。
拾起的，
不一定是最爱。
放下的，
也不一定是垃圾。
但拾起的，
一定是积极。
放下的，
那是负荷，
它会耗掉你的心力。

一个"懂"字，
是经历多少苦难的磨砺，
一个"懂"字，
是经过多少浣纱之水的洗涤。
一次次，
一次次，
避让了诱惑，
挡在前面的是理智。

灵与肉

肉体是基础，灵魂是核心。有健康的身体，才能感知外在的一切。只有灵魂的丰富，才能使肉体美丽。没有高贵的灵魂，再好的外表，也是卑贱的，皮囊之下没有好东西，行尸走肉一般。即或有漂亮的外表，也不过是用来魅惑人的工具，这个工具也只是暂时有用而已。

多看点书，积极地经历一些事情，爱思考，多体味。珍视肉体，净化灵魂，这才是热爱生命。

病过之后，才知道健康的重要。领悟了，就是好的开端。

张扬与低调

　　做人是张扬好还是低调好，这没有一个确切的定论。太张扬和太低调都不好，这里边有一个度的问题。张弛有度，收放有节。张扬过度便是傲慢，傲慢的下一步便是猖狂，猖狂的下一步可能就是灭亡。有句话叫做：上帝让你灭亡，首先让你疯狂。颈上无脑，目中无人，招摇过市，满不在乎，岂能不天下共讨之，群雄共诛之？如同大虾一般，最红火的时候也是最悲惨的时候。众人侧目，不屑为伍，唯恐避之而不及，身边偶有朋友或追随者，不是别有用心之人就是合污之辈，抑或是昔为好友，今已陌路，不过是虚与周旋罢了。至此，这个人的命运会是怎样呢？不消说离末路不远矣。自以为聪明又肆意张扬"聪明"的人实质是一个笨蛋。小聪明往往与大愚蠢相伴。不玩聪明的便是大聪明，嘲弄愚笨的便是大愚笨。大智慧与小聪明，成人也，害人矣。

　　低调者则不然，他有能力，看得准，想得开，只是不喜欢表现，或不常表现。新到一个地方，他不能够很快打开局面，但他不急于被人认识，哪怕一时被人误解也不辩白，保持缄默，这种缄默不是理屈词穷，而是有分量的，隐含着踏实和淡定，日子久了，经历的事情多了，他的光芒自然就显露出来，当然这种光芒不会刺眼，明亮而温暖。这样的人，不去刻意交朋友，但不知不觉身边就有一些真心想帮他的人；不屑去表功，但他的努力、他的成绩、他的用心，领导都看在眼里。认识这样的人要有耐性，不然的话，就有可能失去一个朋友，失去一位得力的人。当然，低调也不能过度，过度也会给人一种无能的表象，没人知道你的想法，你的想法再好又有什么用呢？有能力而无用武之地，你的能力又分量几何呢?

适度的张扬和适度的低调都不失为一种好的选择。

秀木与朽木

有句老话，木秀于林，风必摧之。"秀"于林的"木"，肯定不会比林中的"众木"根基浅、枝干细、叶儿疏。这样的"木"尚且被摧，是不是会折断就看它的造化了。而那些算不上"秀"的木，或者只是高，或者干脆就是朽木，谈不上根基、底蕴，高出"众木"，大有高擎一柱、刺破青天的架势，摇摇晃晃，不可一世。表皮虽好，可里边已被虫蛀了。腐烂的味道飘散已久，有如风化的糟粕一般。皮面的一点浆汁，能维持几天叶脉上的绿意。此木的结局如何？初判：必摧之，必折之，连根拔起也说不一定，只是时间早晚，悲惨的结局不难预料。

人应自知。是秀木，还是朽木，自己一定要搞清楚。但现实中那些朽木，很少能认清自己的面目。

厚积薄发

厚积是指大量地、充分地积蓄，薄发是指少量地、慢慢地放出。

厚积薄发是一个褒义词，多用于表扬人。我也基本赞成这样做人，谦虚、低调，隐忍中积蓄着厚重和力量，这样的人在工作中是主力，在家庭中是依靠。

但有时也不尽然。时代不同，环境不同，评价的标准不同。现在的人积极地表现自己、推销自己，博位出彩，彰显自我，有时可能就真的获得青睐，打开局面。极端一点说，厚积薄发甚至不如薄积厚发，把自己有的那点东西和从别人那里"借来"或"偷来"的东西肆意发挥一番、表演一番，竟也引来掌声和赞美声。当然，他要的一定是来自上边的赞许，对于平行线以下的呼声，他（她）是不在乎的，因为他（她）知道这些呼声所能飞溅的唾液，既不能送他（她）远航，又不能将他（她）湮没。

是厚积薄发还是薄积厚发，就看你的内心如何呼唤了。这还是因人而异，因地而异的。条条大路通罗马，去不了罗马，在边陲小镇逗留几日，是不是也不错？

放弃

知道如何放弃、什么时候放弃，那是智者。放弃是表明内心修炼的一种程度。在利益面前能够把握住自己，不伸手，不张嘴；在得意之时也能把握住自己，不张狂，不迷失，知道自己几斤几两、姓甚名谁。得意靠机会，失意靠智慧。在痛苦面前也要懂得放弃，不能耿耿于怀。这比在快乐面前懂得放弃还重要。不放弃，便是灰心，便是沉沦，有时甚至是毁灭。放弃那不属于你的，也就放弃了烦恼，放弃了包袱，之后人自然就轻松了。恬淡宁静是生活的最高境界。得意和失意过了头都是一种包袱，毫无疑问是会使人垮掉的。放弃也是一种获得。知退者进。

跨越

　　人的一生需要跨越许多的坎儿。这些坎儿，有的来自外部，有的来自内部，更多的是来自自己的内心。人就是在不断的跨越中，走向成熟，走向未来。

　　这些坎儿，如果是外在设置的，不管它们有多么艰难，还好跨越。最难跨越的是自己铸就的那一道道坎儿，其最伤人、最要命。但一旦征服了它们，跨过去了，就会带来莫大的欣喜，孕育不可想象的能量，给下一次跨越攒足更多的信心。

　　难跨越的，才要跨越，才要看你的勇气。有时跨越就是一种坚持、一种忍耐。而这种坚持和忍耐的确要看你内心是否强大。

笑

笑，同样是笑，但意义不同。耍猴可以引人发笑，自嘲也可以引人发笑。前者是低俗的，而后者是高雅的。前者隐含着鞭笞和泪水，后者则需要勇气和智慧。前者让人同情，后者让人敬佩。现在就有人明明知道别人把自己当猴耍，还若无其事地坦然笑对，我认为这是大智慧。

有些事情你不能决定，你不能改变，你所有的抗争都是没用的，所有的告解都是白费的。那怎么办？只有笑对。这是智者的选择。

彰显的机会，告白的场合，是留给豁达的智者的。自己不输，谁还能让你输呢？

钱、情和友谊

情同钱一样可以使朋友的关系变质，尤其是男女朋友。情、钱或者使这种关系踏步不前，或者使其大步倒退。为了友谊的纯真和永久，不要让钱和情介入进来！我们尽量不要向谁借钱，别人借钱，要学会说不，今天的不借和未来的索还结果是一样的——都让人不高兴。必须要拿出的钱，就不是借，而是给，千万不要想着别人欠我的钱，企望他哪一天还给你。那样就坏了自己的情绪，也势必影响你们之间的关系。拿钱买怨恨，还谈什么友谊呢？

情也一样，本来拥有关系很好的红颜知己、蓝颜知己，一旦有金钱的介入，就失去情谊和友谊的原味，起码没了原来的纯粹和圣洁。不希望看到这样局面。

上述的也不是绝对的，例外的当然有，也应该有，否则这个世界又有了另外一种缺憾。

真实的力量

发自内心的关怀，能温暖人。真诚无邪的笑，能感染人。痛彻心扉的哭，能震撼人。唯其真实。哪怕是面对指责、呵斥，只要它们是善意的、真诚的，即使当时不能接受，甚至暴怒异常，事后冷静了，也会认可、佩服。

而虚假的东西，哪怕是奉承，也是令人不齿的。即使当时听了舒服，终有清醒的时候。真实的东西才能打动人。纵然你不企望打动别人，起码要打动自己。不管是领袖，还是平民，即使是路边的乞丐，也唯有真实，才有众多的追随者，才有交心的朋友，才有施舍的路人。

世上没有比被所爱的人伤害更令人心痛的。那是入心入骨的痛，痛到麻木，以至于麻木得不能呼吸。真真正正的伤害，实实在在的受伤，尤其是不明缘由的伤害，搜遍自身的所为，也找不到让对方伤害的理由。摸不到对方，也看不到自己。世界混沌了，自己虚化了，甚至没有意识，没有感觉。不懂得这个时候就应该转身，纵然不能潇洒离开，也要毅然。离去的背影，或许还能留有遗憾、感怀给他，或许还能听到后边追来的脚步声，或许那将消失的爱会重新回到你的身边。离去的心，靠哀求是不能挽回的。哪怕你不要尊严也无济于事。因为感情不在了。

这就是真实带来的，回报也是真实的。

梦醒

　　每个人可能都经历过这样的情况：已经醒来，但还不能确定已经醒来，不能确定刚才经历的境况是不是现实，依然沉浸在梦境之中。如果是个美梦还好，要是个噩梦就不那么好了。前者可惜，后者庆幸。可惜的是那为什么是个梦，不能真实地为自己所拥有，愣怔中呆望着屋角，惋惜梦境一点一点地淡化、消失；庆幸的是多亏是个梦，能够醒来，将不幸化为乌有，那唏嘘、饮泣、哀婉和劫难等都留在梦里，与现实中的自己毫无关系，只需一个鲤鱼打挺从床上起来即可，该洗洗该涮涮，该吃吃该喝喝，太阳照样从东边升起西边落下。

　　我们在现实生活中，尽量不要使自己陷入噩梦之中。完全避免不太可能，即使你能始终保持清醒，还有外部环境的影响。在小心的情况下，噩梦般的事情还是会发生，那绝不会因为你的清醒而将已经发生的化为乌有，只有承担，没有庆幸，后悔也无济于事。避免能够避免的，承担必须承担的。

容忍度

一个人的容忍度是有弹性的，不同时期，不同场合，针对不同的人，容忍度是不一样的。一般来说，随着年龄的增长，容忍度是逐渐增高的。年轻时不能容忍的，到了老年就能容忍了。卑微的人，容忍度高；地位高、有钱或有权的人火气大，受不得一点委屈和轻视。公开的场合容忍度要高，或者说要装作有涵养，私底下就变成另外一副嘴脸。心情好的时候，容易化解负面消息；心情不好的时候，往往睚眦必报，点火就着。看得上的人，说什么都好听，即使不在理，也不觉得刺耳，心里早已替之辩白了几次。厌恶的人，他（她）的一言一行，哪怕是一个平常的动作，你都会觉得恶心，即使颜面上不表现出来，在心里也不知骂上多少遍了。

做一个容忍度高的人很难，因为我们都是平常人；变成一个叫人无法容忍的人也很难，因为我们绝大多数人都是正常人。恶魔和佛祖都是少数。

呐喊

这儿说的"呐喊"，跟鲁迅的《呐喊》不沾边，也不敢沾边。我说的呐喊是歌坛上的一种现象。歌唱，本是心底里流淌出的一股清泉般的东西，唱者是一种陶醉，听者是一种享受，而时下有一种怪现象，即飙高音。声嘶力竭，四肢抽搐，青筋暴起，丑态尽出，憋大的眼睛，黢黑的牙，通红的喉咙，发紫的脖子，看着看着，叫人揪心，唯恐一口气上不来，破音倒是小事，要是倒在台上，就悲剧了。

当然，咱也不是排斥高音，而是排斥"呐喊"。有些高音还是很值得欣赏的，比如李娜的《青藏高原》、刘欢的《好汉歌》等，这样的高音，将听者的情绪一步步带入高潮，令人心情激荡，使人听后久久沉浸其中。一首歌如同一道珍馐，胜过满桌菜肴，除这一道之外，其余的不过都是可有可无的小菜而已。现在流行的"呐喊"散发着一股低级媚俗的味道，听了之后，除了让人紧张之外，还令人感到几分被人羞辱的感觉。碰到这种情况，要是坐在电视机前还好，可以调台，眼睛和耳朵都可免遭荼毒，但要是坐在剧场里就悲惨了，听与不听都由不得人，叫人无处可逃。

有些节目，造就了一些草根明星，但也确实助长了一些媚俗、低级的东西。听歌是一种享受才对，置身其中，引起共鸣。而声嘶力竭者我是不喜欢的。面对这样的"呐喊"我也想呐喊了：别喊了，来点唱的吧！

当然，这只是我的观点，不想强加给别人。能够登台，就有登台的理由。

美的另一面

深山里有一座小屋，背后是层层叠叠的树木。秋来时，黄的、红的、绿的交织在一起，层林尽染；屋前有一条小溪流过，潺潺淙淙，小鱼、小虾在水草和卵石之间嬉戏，清澈的小溪中透着欢快。这样的景色真的是美不胜收，令人驻足悦目、流连忘返。这样美的小屋，到了晚上，你敢在里边住吗？孤身一人，天黑不见五指，凛冽的北风呼啸着撕裂屋角，从森林里不时传来树枝折断的咔咔声和似有似无的嗥叫声，树根下、草丛里、乱石旁仿佛随时都可能伸出一只巨大的黑手，要扼住你的喉咙。这时是不是就顾不得白天的美景，取而代之的是瑟瑟发抖、无边的恐惧。

罂粟花盛开的时候，艳得不行，美得不行，可是你要是对它的果实也贪婪，那结局怎么样不消多说。美女也是一样，谁都想看，也喜欢看，因为她养眼，她悦目，看着她心里舒服。可是要娶个美女老婆，是不是要掂量一下自己能否消受得起。因为你看着美，别人也看着美，你的吸引力是不是就一定比别人大，况且美女一般不甘心只让一个男人欣赏她的美，她要体现自己的价值，身边有众多的仰慕者、追求者才能满足。你有这样的心理承受能力吗？如果没有或不够强的话，那你的生活会是一个什么状况？一团糟还是好的，搞不好还要更惨。

所以说，美具有两面性，有些东西可以欣赏，不能拥有。远远地望去好美，心情愉悦，一旦走近了，甚至拥在怀里，可能就变了，变得面目全非了。

人有的时候特别矛盾

人有的时候特别矛盾。明明是自己想要做的一件事，却特想有一个外力阻止这件事的达成，希望遭到拒绝或因其他什么客观原因导致想要做的这件事告吹。一旦确认了不行，反倒释然了，心也落地了，高高兴兴地转向了另外一个目标。那可能有人会问：干嘛要这样，压根儿不做不就结了吗？可事实不是这样的，人有时候的心理还真不是那么简单。不去试一下，心里会纠结，总是在做与不做之间摇摆，不做不甘心，做了又怕后悔，其中的苦恼还真不是一两句话能说清的。

迈出那一步的时候，特希望有人能拉住自己。这个时候的阻止，反倒是一种救赎。对不能让自己实现愿望的人，非但不生气，反而有几分感激。

自己给自己一个交代，尝试了，没做成，那是天意。

说 "吻"

吻，在韩剧和欧美大片里有不同的表现。有轻轻的吻，有狂野的吻，有闭着眼睛的吻，也有睁着眼睛的吻，形式不同，所反映的内容也不同。

轻轻的吻，表现的或是怜惜，或是试探，或是胆怯，也许是敷衍、轻薄、不屑，反正是处于浅层阶段。

狂野的吻，表现的或是侵犯，或是霸道，或是忘我，或是义无反顾地投入，表明已经到了深层次。

睁着眼睛的吻，要区分主动与被动两种。被动者可能表现为惊愕、意外、不知所措，当然，他（她）肯定不排斥这个吻，否则就反抗了。主动者不是野蛮人，就是情场老手，在吻对方的同时，寻觅着下一个接吻的对象，吻对方也是嘲弄对方。

闭着眼睛的吻，看到的是心，融入的是情，表现的是陶醉，是心与心的交流。

说 "漂"

漂的一般解释是：用化学药剂使纤维和织品变白。我的理解是，漂也是染的一种，改变已有的，变成一个新的样子，展示给别人，以期好看。

漂在现实生活中被巧妙灵活地运用了。不仅限于物质的，也包括精神上的。有自然意义上的，更多值得关注的是社会意义上的。

衣服有时脏了，染上了顽固的污渍，一般的洗涤方法没有用，那就要用到漂，用化学的东西去中和或掩盖污渍，使衣服远远地看上去正常就好。

食品也有用到漂的。它不仅仅涉及漂白，还涉及漂绿。前几天看了一条消息，说是某某蔬菜种植基地种植的蔬菜，本来是农药、化肥什么都用，可是买通了有关部门，贴上了有机的标签，就在市场上按着绿色蔬菜去兜售了，不但价高，还很热卖。也有的更直接，不买通人，只买标签即可。这无疑是一种"漂"。

人的相貌，有时也漂，胖的漂瘦了，黑的漂白了。韩国的美女，不经过调查，也就不知道底里，乍看之下眼前一亮，但不敢贸然去赞美，因为不知道是否经过 PS 或者"漂"。迈克尔·杰克逊是大家眼中的明星，崇拜者遍布全世界，可我不喜欢他，原因是他经过了多次的漂。

钱也有漂的。所说的不是钱脏了，而是说赃钱不"洗"没法用，只有通过一道道工序去"漂"，诸如名义公司、虚假交易、捐赠回馈等，钱的来路看起来才正当了、阳光了，再用就觉得踏实了。

赃官不甘心叫人诟病，想逃避法律的制裁，同样会变着法儿的漂。使出走基层、访贫困、送温暖、示爱心、树形象、要口碑等一系列招数，内里怎么脏不说，外表弄一个干净就好。

感情也有漂的。这是最不能容忍的，亲情、友情自不必说，就连爱情也被玷污了。本来最应该纯洁的东西，叫票子、房子、车子、位子等染脏了，有的赤裸裸承认，有的羞羞答答不承认，怎么办？那就"漂"呗，用一些自欺欺人的说辞，去找补，去掩盖。这是道德问题，也是社会问题。

说谎

　　说谎就是用不真实的语言欺骗别人，以达到自己的某种目的。说谎分善意的和恶意的、偶尔的和经常的。有些人由于情势所逼，不得不说；有些人不说不行，已成习惯。前一种情有可原，因为没有人不说谎，后一种就非常可恶，欺骗人，陷害人，从中得利。这里侧重说前一种。先举个例子，不久前，HBO 播出了一部电影，内容是：一个富豪非常有钱，没有妻儿，身边净是些奉承拍马之辈，这些人表面上对他都挺好，但他不知道谁对他是真心的，于是他就设了一个局，谎说自己资不抵债，即将破产，又染病在身，行走只能借助轮椅。结果，周围的人一个个离去，包括曾经甜蜜的小情人。最后，在他已经住进救助院，"一无所有"的时候，他的侄子出现了，接他回家，愿意赡养他。其间侄子的语言不多，也不是很客气，但孝顺、真挚蕴含其中。于是他说出了真相。这肯定是一个谎言，但这个谎言不但不让人憎恶，还让人觉得就是应该这样。诙谐中给人欣喜，幽默中给人启迪。

　　这里不能不说的是侄子的那个女朋友，她是非常正直的一个人，曾误解男朋友是觊觎叔叔的财产才接近叔叔，所以毅然离开了，不久知道他叔叔破产就回到男朋友身边，共尽赡养的义务。

　　谎言亦能测谎，真心换得真心。

找 "根儿"

你见厨房或其他什么地方有小苍蝇在飞，那肯定是有食物腐烂了。除了打掉眼前这只或这几只，还要找到那腐烂的食物。不找到源头，还会不断有小苍蝇飞来。只有彻底清除了才算解决问题。

现在的社会，不时能看到一些恶行，也着实叫人愤慨。但单就这恶行本身去讨论如何解决，是不能解决根本问题的。这要看看产生这些恶行的土壤是什么，是个别现象还是普遍现象，是机制问题还是体制问题。找到了根源，就好对症下药。否则，治标不治本，打掉了这个，还有下一个、下下一个。

心头与脑后

你身体的某个部位常常反射到你的脑子里，那这个部位可能出现了问题。你不曾注意的部位，肯定正常运转着，而正常的部位你还总放在心上，那多半是你的脑子出了问题。

人与人的关系也一样，真正的好朋友或亲人，不一定总搁在心里，反射频率高的那个人的影像，可能恰恰是关系恶劣、最不放心的人。所谓的怀恨在心、耿耿于怀、如鲠在喉，说的都是关系不好的情景。如果说关系好还常常惦记得寝食难安，那这位仁兄肯定精神出了问题。热恋中的男女都是患者，人多半都要经历这样一个不正常的阶段。这个阶段，关系不确定，挖空心思、千方百计地讨好对方，唯恐随时可能出现"崩盘"，所以，常常思量着、叨念着。

职场也一样，领导常常关注的，不一定是他欣赏的，可能恰恰是他最不放心的。几天都不过问的部门，运转是正常的，领导是放心的。心头与脑后是辩证的。当然，放心不等于遗忘。蒙上灰网的角落也是让人不舒服的。

打击会重创无准备的人

打击对人无疑是一种伤害，但伤害的大小则不一样。有准备的，迎接打击就从容得多，而毫无准备的，就会手足无措。有的打击甚至是毁灭性的，令人一蹶不振。

意外打击的例子很多，大到战争的突袭，亲人的意外身亡，小到日常的感冒。酝酿已久的战争，即使到来了，也不会令人非常恐惧，因为已经做好了还击的准备；久病在床的亲人，哪怕刚刚去世，也不会令人感到非常痛苦，因为活着的人已经尽力了，离去只是时间问题。感冒也一样，很少有时刻小心的人罹患感冒。

有准备的打击容易承受。"意外随时可能发生"，来了，没有办法，只有面对。面前的打击和背后的打击哪个更具杀伤力，不言自明。与其逃避，不如直面，有这样的心理，恐怕是最好的准备，使意外不成为意外。

浪漫

浪漫首先是美，是令人欣喜高兴的事，多半与情有关。它超乎常规，使本来不可能的成为可能，使虚幻的变得活生生。它给当事人带来悸动，带来欣喜，也带来满足。哪怕这种满足短暂，但它毕竟出现过，带给常人不曾有也不能企望的东西。

浪漫有时看似与胡扯很像，与闹剧接近，但有本质不同。浪漫是美，弥足珍贵，遇见它是意外，把控它无从谈起。笑靥中隐含泪光，美丽衣裙的下摆沾着丝丝缕缕苦涩的纤尘。

浪漫唯其意外，唯其缥缈，才让人向往。浪漫的经历不多见，可遇而不可求。刻意追求往往得不到，而刻意本身就不浪漫。即使追到了，也不是真正的浪漫。因为，浪漫是不期而至的，也不是多数人能够得到的，更不是所有人都能拥有的，否则就不是什么浪漫了。浪漫也就不值钱了。

得到浪漫当然好，甚至好得不得了。芸芸众生，能有几个人有浪漫的经历，更不用说，经历过的人会一再经历，所以应倍加珍视。但现实生活却是那么"残酷而低俗"，没有多少浪漫给予人去享有，那怦然心动、刻骨铭心的浪漫，常常虚幻地飘在空中，云丝般地不肯入怀，叫你仰望得脖子都酸痛了，也不能觅到它的踪影，它到底去了哪里，明明有人说它在呀，那门还虚掩着，分明没有走远嘛。这时，若有人劝解一下"别找了，去前边的林间走走"，或许能看到悦目的鲜花和饱腹的珍果也未可知。

浪漫来了，别拒绝；浪漫未至，别自扰。平常心，才能驾驭非常事。

不以小恶而为之

千万不要做坏事，即使是小"恶"也不能做。不要以为自己做得很诡秘，别人不会知道。即使别人不知道，可自己知道，做了坏事之后，自己内心首先会不安，吃不下，睡不稳，久而久之，就会影响健康。

行为会成为习惯。第一次作"恶"之后，经过一段的忐忑和纠结，没有败露，便以为没事，就会壮着胆子干下一次，接着就出现了下下次。于是便像有一只无形的手，推着人继续下一次的勾当。如果作恶是在阳光下，明目张胆的，那便是身在江湖了。常常听说"无法回头"，就是到了这个阶段了吧。

作恶欲要人不知，是不可能的。因为作恶之后，肯定会有异常的表现。作恶之后还如常人一般，那样的心理"素质"是何等强悍，得做多少恶事才能练就。恐怕练成之前就已经暴露了，那时后悔是不是就来不及了？

迁徙

迁徙就是从一个地方搬到另一个地方。迁徙之后，会有那么一阵子水土不服，气候不适应，饮食不习惯，常伴有呼吸不畅、胃肠不适的现象发生。倘若还按着过去的习性去生活，难免会出现问题。如果只是一介平民，搬到一个新的地方，影响的不过是自己，但若要是一个手握权柄的地方政要，履新之后，仍按过去的套路，不顾新的环境，执意而行，就会造成一方的损失。纵有良好的愿望，也达不到理想的效果。

气儿还没喘匀，就振臂高呼，不出问题才怪。

苗木的移植，总要有一个缓苗的过程，这是规律。江南与塞北、东土与西域肯定是不同的。企望移植之后，立马就长高两尺是不现实的。

世上没有万能的法宝。甲地的做法，不一定就适合乙地。大面积的沃土，非要造梯田，劳民伤财，贻笑大方。

前进有时也需要停下脚步，观察一下地形，瞭望一下前方的路况，顺便欣赏一下路边的风景，再判断一下怎么走才对，欲速则不达。达不到预期的目的不说，还招来许多诟病。

聪明与糊涂

　　这个社会，聪明人多，人聪明的时候也多。相反，糊涂的人是少数，人糊涂的时候也是不多见的。但往往就是一时糊涂就铸成大错。聪明一世糊涂一时，一失足成千古恨，就是这个道理。聪明人在聪明的时候，偏偏没遇到什么大事，不需要做出重大的抉择，所以聪明没有派上用场。偏偏到了节骨眼上，打了一个小盹儿，犯了糊涂，铸成了一个大错，无论怎么转动那聪明的脑瓜，也难以弥补。最可怕也最可笑的是，有的人自以为聪明，还惯耍小聪明，给别人下套，处心积虑，结果往往是偷乐的嘴还没闭上，石头就砸到自己的脚面上。害人害己，却不知反省。

　　一般来说，人的智商差别不大，只是心地的不同而已。

蔬菜与贫富

　　蔬菜，穷人、富人都吃。前者是不能不吃，不吃就会饿肚子；后者是不得不吃，不吃就会胀肚子；穷人吃是为了活命，富人吃是为了保命（长寿）；穷人吃了脸色是青的，富人吃了脸色是红的；穷人吃的是有剩的，富人吃的是有机的；前者是饥肠辘辘，后者是大腹便便；穷人吃了说明清贫，富人吃了未必清廉。所以说，同一件事情要分析它的动机和目的。

相似的神态

发现了奇怪的现象，即狗的神态和主人的神态很像。这是在居住的小区里将所能见到的多只狗和多个主人对比之后，得出的结论。小区的狗很多，有的矮小，有的高大，有的憨，有的灵，有的干净，有的埋汰，有的和善，有的凶狠，有的大气，有的猥琐，有的舒展，有的拘谨。不管什么样的狗，只要顺着狗绳看过去，狗的神态都同牵狗的主人差不多。十个有八个神似，另外两个不太像的，可能就不是真正的狗主人，家里那位才是经常跟狗在一起的人。

由此联想到，夫妻长期生活在一起，很多的动作、神态都有相像的地方，天长日久，相濡以沫，相像成为必然。

谁像谁，或者说谁有意无意模仿谁，不言自明。如果要是主人模仿狗的动作和神态，那还真是奇葩一桩哦。

预知的死亡及其他

死亡的预期比死亡本身对人的打击更严重。预期自己不久就要死了，眼前的一切都将不见了，那种恐惧很难承受。一个人得了重病（他认为非常严重），尽管这个病并非想象的那么严重，或者干脆就没什么大不了的，却可能将他（她）置于死地。有个熟人就是因为体检时的一项报告——不排除肿瘤的可能，结果压力非常大，怕家里人担心，不敢告诉家人，一个人把这些都扛下来，没有进一步查证，就把遗嘱准备好了，没多久就真的不行了。他在体检后与体检前的状态，简直判若两人。为什么这么快就不行了？就是死亡的预期，精神先垮了，吃不下，睡不着，想不垮都难。

为什么会对死亡那么惶恐？我想可能有两点，一是对现有的不舍，二是对未来的无助。活着的时候所拥有的一切都将与你无关，你的地位、财富等都要交付于人。这一切很快就会到来，不可逆转，自己注定成为局外者，而置身局外注定孤独。

一般来说，人搬去一个新的环境，都要犹豫再三，挣扎很久，因为它不是旅游，去了以后就要独立地面对新的环境，一切都是陌生的，且没人可以倾诉，也没人提供帮助。死亡也是去了一个新的地方，而且不能反悔，不能返回。

其实，死亡真的来到的那一刻，可能反倒没什么，安详而平静吧，痛苦、恐惧都已飘散，恩怨、善恶都将淡化于无。另一个世界有另一个世界的不同，也有另一番景象。不过就是一个时间问题，一个适应的过程。

　　另外两个严重的打击就是丢官与破产。谁谁被检察院带走了，谁谁被债主追上门来了，跳楼的、割腕的都在这个阶段，因为预知了糟糕的未来，在预知中产生绝望，放大了的恐惧使自己不能承受，便选择了绝路。其实挺过困难期，到真正大权旁落、风光不再之时，反倒平静了，即使身陷囹圄，也能正视现实。

爷爷、孙子及其错位

爷爷是谁？爷爷就是父亲的父亲。孙子是谁？孙子就是儿子的儿子。本来爷爷就是爷爷，孙子就是孙子，没有什么可说的？但现时的情况却不是这样，爷爷不是爷爷，反倒是"孙子"，孙子不是孙子，成了"爷爷"。这是伦理问题，更是社会问题。我们往往能看到错位的状况，蹦蹦跳跳的孩子旁边常常有个背着书包、拿着水瓶的白发老人。美味珍馐面前孩子大快朵颐，老人却不愿动筷。你说谁是孙子谁是爷爷。

有装爷爷的，拉架摆谱，趾高气扬，发现属下不是孙子、不够孙子、不像孙子，便操起座边的"斧头"，把下属修理成孙子样；也有甘愿当孙子的，整天一脸的奴才像，谄媚经常挂在嘴边，不把他当成孙子，他还有些惴惴不安，好像随时准备躲闪踢过来的飞脚。

有的人虽然不愿意当孙子，但是他会装，为了达到目的，听呵斥，受摆布，韬光养晦，希望有朝一日飞黄腾达，再当爷爷。

还有另外一种人，不希望别人把他当成爷爷，也不愿被别人当成孙子。对孙子样的总是提示、规劝。对"爷爷"类的，不卑不亢，做事干净利落，做人刚正不阿，实在惹火就兵戎相见。有豪气，本身也是有"爷"气，但那"爷"气是在内心，是在头部，是在腰间，也是在尊严之下。

礼节

关于礼节的解释是，人和人交往的礼仪规矩。礼节是不妨碍他人的美德，是恭敬人的善行，也是自己行万事的通行证。

人在社会交往中，必须要注意礼仪规范，否则，就可能造成人际关系的冷、僵，这样所办的事情就会受到阻碍，自己的目标就不能达成。讲礼节，首先要尊重他人，不尊重人，轻慢侮辱别人，还奢谈什么礼节。诚实守信，恐怕是最大的礼节。有的人奉行的是虚与周旋、巧舌如簧、巧言令色，进而巧取豪夺，这样的人是不是把别人都当成傻瓜了？把别人当成傻瓜的人恰恰就是傻瓜。

讲礼节非常重要。但讲礼节，要注意分寸，注意对象，不然的话，适得其反。比如，亲人之间、好友之间客套话多了，反倒不好，给人以疏远的感觉。客套有时就是拒绝。你见过父子之间、兄弟之间客客气气的吗？别说客气，就是交流都是很少的，你能说他们不亲吗？他们之间那种浓浓的亲情是在默默地流淌，一个人的一举一动都在另一个人的眼里。如果他们客客气气地说话，那他们的感情肯定出了问题。朋友之间也一样，经过时间和事件考验积淀下来的友情是厚重的，不是挂在嘴边，而是放在心底。即使久不联系，一旦朋友有事，他（她）就会立马冲过去。

失当的礼节就失去了礼节的本义，不该谦让的地方谦让，就没有了谦让的原味。万事都要讲究个度，这个度把握不准，那他（她）就不是一个得体的人，即使讲究的礼节再多，也不会为之挣来一分好感。

好话说得太多就失去了真诚的内核，蜜糖吃得太多也会泛起苦涩的汁液。

帮人与放开

在人的一生中，接受别人的帮助和帮助别人是很平常的事情。随着年龄的增长和阅历的增加，我在帮人问题上的认识有了很大的变化。过去别人找我帮忙，我不会推辞，总是考虑别人在求自己之前已经犹豫再三了，是下很大决心才开口的，所以，不能轻易驳人家的面子。如果帮不成，我会着急上火，寝食难安，觉得非常对不起人家；即使帮了，如果帮得不到位，也会惴惴不安，怨自己的本事不够大，相当一段时间不好意思跟人家联系。但我现在帮人的原则是：尽力了，帮不成也没办法，至于对方怎么想，也无须太在意了。如果帮成了也不太当回事，帮了就帮了，被帮的人事成之后即使不领情，也不太计较。实际上帮人也是帮自己，能够帮助别人，做做好事，自己的心里也好过。帮完了，也就过去了，不把它放在心上。有些念想，与其他物件一样，堆积得多了，会挤占空间，日子久了还会发霉变质，这于心，不是养料，而是肥料，而这个肥料只能催肥杂草，不利于心灵的净化和安宁。

现在对自己的事情也一样，能够达到预期目标更好，实现不了说明自己能力不及，勉强自己不一定是好事。该放开就放开，该释怀就释怀。有些事情办成办不成，太阳不是照样升起落下，人不是照样吃饭睡觉吗？

职场沉浮

闲言碎语（四）

有时的对与错，不是事实说了算，而是权力说了算。

头压得越低，越被别人瞧不起。

将脸踹得最狠的那一脚可能就是自己的鞋。

谈论不一定是表扬，关注不一定是欣赏；敬重往往藏在心里，鄙视却常常挂在脸上。

人们往往不太在意一件事情的好与坏，在意的是这件事情与自己有无关系、有多大关系。

有真材实料的人，从来不装腔作势，也无须装腔作势。

如果没有良好的品格，所做的事情再多、再有效，也不会受到认可。

弄权和邀宠肯定不会被公众认可，即使受个别人的青睐，也不会持久。

能够兴风作浪的妖孽也有一定的道具，不可小觑。

显阔者必定囊中无几，就像滔滔不绝的人，腹内能有几斤几两？

一个人将自己的恶事昭示于人，说明这个人有从善的预期；一个人将自己的善事挂在嘴上，预示这个人有作恶的过往。

意在让人感恩的善举，从一开始就已经失去了善的本意。

主动承担责任，对别人是一种开脱，对自己是一种慰藉。

大胆与蛮干、创新与胡搞，有时确实不好区分，雾霭之下真伪难辨。

风险往往以利益的面貌出现。侥幸是它的特质，幻想是它的根源。假象蒙蔽了一切，犹如蒙住双眼走在山涧的独木桥上，看不到风险，将自己交给侥幸和或许。

当下属的不要轻贱了自己。是下属而不是下人，不能被随意地驱使和奴役。

别把下属当成小吏，更不能把他们视做奴隶。

对于有些人来说，下属是弱势的，人微言轻，听命于人是免不了的，但不要把下属当成弱智，是非曲直他们分得很清，只是不屑说罢了。

经验是经历的总结和体味。没有后续的思考，经历就是徒劳。

拒绝有时更容易拉近关系。

人的本能是趋利避害的。凡有限制的地方都有危险，而凡有限制的地方也都有诱惑。冒险是在诱惑面前心存侥幸。

冒险跟勇敢扯不上关系，跟鲁莽和无知倒是常常牵绊在一起。

狡猾和明智不是一回事，它往往是另外的一种愚蠢。如果说狡猾还带有那么一点聪明，那也是小聪明。因为狡猾之人常常干着自欺欺人、自掘坟墓的勾当。当人们认清他的嘴脸时，就会加倍提防他，使之没有市场，最后遭到唾弃。

没有云，显不出天的净。没有云的白，衬不出天的蓝。世界是多彩的，人群也是多样的。好与坏、美与丑、冷与热、高与低、动与静等，构成了丰富的世界，它们都是不可或缺的。

人有时不经意就绊了一跤，跟跄了几步之后回望过去，原来那绊脚的是自己夯下的桩。

愚弄别人的同时，也在作践自己。

人们排斥谎言，同时也热衷谎言，排斥别人的诺言，热衷自己的诺言。

当一个人将说谎变为一种习惯，那么他的廉耻心也就消亡了。没有廉耻心的人做出什么事情都不要感到意外。

人们都是鉴别真伪的高手，因为人们常常被虚假所害，制造虚假去害人，经历得多了，自然就深谙此道。

害人具有反弹性，害人的力越大，反弹的度就越强。比如击中对方的眉心，对方至少击中害人者的鼻梁，害人终将害己。

人们对事物的评价标准往往是双重的，标准取决于角度，角度不同，标准便不同，其结果也就不同。

钻空子的人固然应该受到惩戒，可那令人有空子可钻的人难道就没有责任?

摆正位置很重要，位置不正，人生的脚步就会偏离，位置不正，就会失去重心，甚至飘起来，懵懵然辨不清方向。摆不正位置的人，不是被抛弃，就是成为人人喊打的目标。

自己能干是本事，吸引一批人心甘情愿帮你干那更是本事。而这种吸引是靠人格的魅力，而不是靠手中的权柄。

权力之下

权力是与地位相连的。有了权力自然就有了地位。权力也可相应地巩固地位和促使晋升。而地位是与能力、有为相关联的。所谓的有为才有位就是这个道理。"有为"是一种行为，而这种行为有在阳光下的，

有在暗地里的。不管怎样都是"为"，不好对其做出是非评价。其间的得失，恐怕只有当事人才知道，个中的滋味，也只有亲历者才能体会。一旦掌握了权力，他（她）就要把失去的或者说是付出的加倍捞回来。

如此，权力握在什么人手里，其结果会非常不同。权力与市场结合，会导致市场的有序，或是市场的无序；权力与人品的结合，或是庇荫一方，或是祸害一域。

权威

我对权威的理解有两个方面：一个是权力，这是由职位决定的，属于外在的，不是某个人的专属；另一个是威望，这是由人格魅力决定的，属于内在的，具有专属性。所谓权威，有学术权威、技术权威、医疗权威和科技权威等。

权威者，可以是部门，也可以是个人。权威具有令人仰视的味道。真正的权威让人信任，乃至信奉，甚至是崇拜。权威者的一句话可以让你扬名，也可以把你搞臭。技术权威的鉴定、学术权威的评比、医疗权威的诊断等，都是一言九鼎、一字千金的。官场权威的一句话就更厉害了，不但可以左右你的升降，甚至决定你的命运。

权威也需辨别其真假。真正的权威者自身够强大，没有什么可以伤到他，即使被伤害了，也能平静地接受，因为他有这个能力，善于包容和原谅，当然，这样的人一般不会受到伤害。其威，是威信的威、威望的威。伪权威者，靠的是位置，靠的是手中的权力，挥舞大棒，装腔作势。他常常把权威变为淫威，党同伐异，自我标榜。真正的权威者，即使没有"权"，也一样有"威"，有影响力和感召力。

权力与自由

一般来说，权力与自由是匹配的，权力的大小决定自由的大小，即权力决定自由。但也有例外。

日常生活中，权力和自由有时是不匹配的，不能滥用权力和自由。

当危险来临时，你有闭眼的自由，却没有闭眼的权利，因为一闭眼，就要受到伤害，这是对生命的不负责任。而令人焦虑的事情出现时，你有闭眼的权利，但却失去了闭眼的自由，那不肯离开的闹心事儿，总是纠缠你，让你无法入眠。

什么时候，人们的权利能够也应该自由地运用了，那时社会便和谐了，人的心也就安顿好了，这种驾驭、修炼不是轻易就能做到的。这需要人和社会的双重进步。

上司与下属

　　人一生中最宝贵的年华恐怕都在工作阶段。工作中能遇到一个好领导，是一件幸事，是前世修来的福；遇到一两个得力下属也是令人愉悦的事，值得庆幸。

　　可不如意者十之八九，如意之事可遇不可求。领导有开明的，也有狭隘的，有品行好的，也有德行差的，有懂行的，也有装懂的，有睿智的，也有愚笨的，有温和友善的，也有颐指气使的。我们没法选择领导，遇到好的，你也别偷着乐，不经意间告诉他，他可能会做得更好。反之，也不必偷着哭，调整自己的心态，接受现实，没有选择就是选择。

　　下属也有优劣之分。有耿直、肯干踏实、能干会干、不争不抢也不媚上的人，也有惯耍小聪明、阿谀奉承上司、离间同事、利用新人的人。

　　你是什么样的领导？你是什么样的下属？

位子决定嘴的大小

前些日子还是一个唯唯诺诺的小杂役，如今坐到了一个高位上，便成了群龙之首，于是俯瞰众臣，发号施令，仿佛早已成竹在胸，爷范儿十足。

位子决定嘴的大小。所谓人微言轻、一言九鼎就是这个意思。

但是，高尚的人格和出色的才能，才是一个优秀人士的内在品质。

上帝与领导

西方人信奉上帝，美国总统的就职演说无一不提到上帝的赐福和保佑。东方人信佛，嘴边常挂着菩萨保佑、佛光普照，但现实生活中更多的人信奉上司。通常的发言和总结都会有：在上级的指导下，在领导的指挥下，取得了什么样的成绩；或者说，这些成绩的取得是与上级的正确领导分不开的，是在领导的亲切关怀下取得的……

西方人真的信奉上帝吗？上帝对他们掠夺他国财富、在别人的领土上发动战争是支持和赞赏的吗？东方人对领导极尽赞美，真是从内心感激和佩服领导吗？有很多人往往是当面称颂得无以复加，背地里却将领导的祖宗三代都挖掘出来"问候"一番？

好的领导造福一方，起码为百姓或下属创造一个好的生存和生活环境，百姓对其的感激很正常，也很真实。差的领导，唯上、唯官、唯金钱，考虑的是自己的利益、仕途、得失，心中根本没有百姓的疾苦，所做的不过是政绩工程、形象工程罢了。在老百姓的心中他是虚无的、幻化的，甚至是被不齿和唾弃的。

挂在嘴上的，不一定贴在心里。

"大人"与"小民"

现在衡量一个人是"大人"还是"小民"通常是用权和钱作标准。有权有钱，走到哪里都派头十足，被前呼后拥，是"大人"；相反，没权没钱，即便是迎面走来，也被当做空气，这是"小民"。

有权有势的人到什么地方，位置都在中央，除非遇到比他有权有势的人。他说出的话再没有品位，也有人喝彩；个子再矮，也有人仰慕，是为"大人"。

没权没势的人，永远处在边缘地带，环顾左右，与自己的影子相伴，是为"小民"。

但人不能瞧不起自己，别人没有看到自己，自己一定要把自己放在心中，既不趋炎附势，也不自怨自艾，要把腰杆挺直，说自己的话，干自己的事，把自己当做"大人"。淡看个人得失，品味世间百态。

角度决定结论

　　角度是很奇妙的东西，只要稍作变换，眼前就有另一番景象呈现。诸如仰视、俯瞰、瞭望，同一个事物，感官是不一样的。一个角度，一个天地；一个角度，一个世界。远观与窥视、宏观与微观、横看成岭侧成峰等都是说角度的。对于同一件事情，当官的和老百姓的看法就不一定一样，或者说多半不一样。

　　角度不同，结论也不同。要正确地看待一件事，首先自己要站对地方，有时也需要移动一下脚步，变换一下位置，试着从另外的角度看一下，可能感觉、认识就会发生变化，甚至是颠覆性的变化。

　　从多个角度思考了以后，得出的结论可能就更接近客观，失真的结论就会少些。

错误的价值

人难免犯错误，关键是如何对待所犯的错误。要承担错误，而不是承受错误。承担是积极的，承受是被动的。承担就是接受教训，在付出代价的同时获得价值，从中吸取教训，不再重犯，这也是财富；而承受则不同，承受意味着所付出的代价不仅仅是错误本身带来的损失，还有糟糕的情绪，甚至是糟糕的身体。

我们在日常工作和生活中，在对别人宽容的同时，也要对自己好一点，在自己犯错误的时候，要怀着一颗平常的心，我们不是神，不过就是凡人而已，凡人不可能不犯错误，错误是一个人成熟的养料，从中悟到得越多，成熟得越早，内心也就越强大。让错误成为完善人格的助推器，别让它成为前进的绊脚石。付出代价，产生价值。错误既然不可逆转，就不要让其成为投进湖里的石头，产生更大的波澜。犯了错误，原谅自己一下，知错就改，把目光放远一点，今后的路还很长，只要不重犯，甚至能举一反三，那么这次的错误就值得，就是有了代价后的回报。学会对着镜子宽容地笑一笑，安慰自己两句。

当然，这不是说可以随意犯错误，有些错误也确实是不可挽回的，甚至是毁灭性的，在日常工作生活中还是三思谨慎的好。一旦犯了错误就要有一个正确的态度，抱着有利于自己、有利于事情的解决、有利于未来的态度去做、去行。

反省

　　一个人之所以是这个人，是不是除了生理体貌的特征之外，性格也是主要的代码之一？偶一回头，工作和生活仍常有令自己脸红、汗颜甚至悔恨的事情。不冷静地说话和处理问题，难免伤了别人的感情，也坏了自己的情绪，往往后悔得寝食难安。这种情况之后，也曾无数次自虐般地发誓，不允许自己再犯同样的错误。为什么不能管住自己？好事、好心也得有好言、好语、好态度才行啊！但奇怪的是，下次乃至下下次，冲动这个"魔鬼"遇到这种情况，还会突然、敏捷、毫不犹豫地跳出来，左右你，主宰你，重复以前犯过无数次也悔恨过无数次的错误，叫你语言变调，叫你表情走形，叫你丢脸，叫你无地自容。事后，很快又在长叹中反省自己，责骂自己。年龄与成熟度不匹配呀！

　　又写了以上这些话，算是一个总结性的自我鞭笞，也希望自己在今后的岁月里能够少犯最好不犯这样的错误。形成文字的东西，或许能成为律己的戒条。

自戒

日子过得久了，经历的事情多了，渐渐地悟出一点道理。

迂回不一定就是弯路。当直线遇到障碍时，绕行可能更早到达。这跟灵活、变通、审时度势有关。盯紧目标，执着向前，不达目的不罢休，这固然是值得称道的，但达到目标的路径不止一条。缓一缓，绕个弯，走另外一条，可能更快就到了。

不狂妄，不低眉。生活中，不能把谁都当做亲人，将底牌毫不保留地和盘托出；但跟人接触，也不能什么都不说。这里要讲一个时间早晚和进退的艺术。当然，绝不能把他人当做敌人，设圈套、布陷阱、围追堵截，企图把别人一棍子敲死。正确的态度是不卑不亢，友好、讲原则，根据情况和交涉的事情，适时地争取或让步，最后的结果应该是双赢或多赢。即使你利用欺骗的手段把对方搞定，让他败个一塌糊涂，其结果不是他在以后的相处中找你麻烦，就是躲你远远的，还会在朋友圈子里"宣传"你的形象。你追求的利益打点儿折扣不打紧，做人的信誉和形象打折就不得了了。

等待也是一种争取。在商海沉浮的今天，进行商务沟通很平常，这个过程有时也是心理博弈的过程。有时候积极反倒将自己陷入被动，正谈得火热的时候，你突然沉寂，对方摸不到你的底牌，沉不住气，便开始盲动，盲动的背后便是被动。对方的被动就是你的主动，处于有利位置便进退取舍、游刃有余了。你一个劲儿地积极，恨不得叫对方马上接受你的意见，你越积极对方越不急，其结果是欲速则不达，反倒是你自己容易乱了方寸。你在那里说个没完，叽里呱啦地说对方占了多大便宜，你自己吃多大的亏，对方反而觉得你在给他下套，从而开始警惕，告诫自己千万别落入你的陷阱。因此有时真的是该闭嘴就闭嘴，所谓的欲擒故纵往往还真有效。

好话要有好态度，不顺耳的话更需要好态度。交流中避免说刺激对方的话，不要伤及对方的自尊心和人格底线，要留有余地，少讲大道理。不要企图教训别人，威胁别人，凌驾于别人之上，称对方必须怎样怎样，否则就如何如何。一旦如此你就可能会失去对方的信任和好感。如果你招人反感了，你的话再有道理也会叫人反胃的，这如何能有好的沟通结果？

避免唇枪舌剑，说出的话火药味太浓不好，对方想下楼是要有台阶的。话说绝了，叫对方没有退路，他要走，就只能从你的身上踏过去。这样的沟通效果你要吗？

鼓掌不一定都是喝彩

关于"鼓掌",我"百度"了一下,基本的解释就是拍手,多表示赞成或欢悦的意思。鼓掌是一个人完成的,如果是两个人来做,那就是击掌,表达两个人共同完成一件事很成功,互相鼓励的意思。鼓掌是手与手的撞击,表达的意思很丰富,诸如欢迎、鼓励、祝贺、希冀等。手与桌面的撞击叫拍案,手与人颜面的撞击叫耳光。手与墙撞击表示悔恨,手与大腿撞击表示顿悟。当然,还是拍手的情况居多,尤其是在领导讲话的段落高音和结尾时要拍手,否则你的职场教育就不够,不是嫩就是傻。生活中,有时喝倒彩、想把谁赶下台也是通过拍手加呐喊的形式来表达的。

给不同的人鼓掌有不同的含义,比如,给领导鼓掌表达的是尊敬,给同事鼓掌表达的是礼貌,给下属鼓掌表达的是鼓励,给朋友鼓掌表达的是赞赏,给敌人鼓掌表达的是钦佩之下的大度。

总之,该鼓的就鼓,该拍的就拍。不管是抒发还是发泄,只要是内心状况的真实表达,就有利于健康,有利于"和谐"。

说表扬

表扬是另一种鞭笞，也往往是人们最愿意接受的一种肯定。表扬的程度有过和不及两种。表扬不及还不如不表扬，被表扬者会心生不满，起不到鼓励的作用；表扬超过应有的程度，被表扬者会悄悄地认领，这个"过"，往往是对今后行为的引领，促使被表扬者默默地朝着这个方向努力，用自己的提升兑现过往的评价。有道是，好孩子是表扬出来的。

窃以为，表扬和批评一样，最好在私底下进行。表扬过当，会引来周围人的侧目。表扬不及，被表扬者会感到委屈，遭到其他人的讥讽。当面批评人，一个没面子，一个没素养；当面表扬人，要么引来妒意，要么引起恨意。当面的批评和表扬，收到的效果不会理想。有素质的人，肯定是既不想当众受到批评，也不会喜欢被当众表扬。

标榜

标榜就是自我吹嘘、自我彰显。奇怪的是标榜的东西和实际拥有的往往相反，越是说自己具备什么样的素养就越是缺乏。这在职场和生活中随处可见、随时都有。一个跋扈的领导，常常宣扬自己有多么民主；贪婪得令人咂舌的人，却大会小会大讲特讲自己的清廉；情人、小三一大堆的情场老手，却不失时机地表现出不近女色、坐怀不乱；投机钻营、不择手段的一个官迷，却逢人就讲知足常乐、平静看待进退。

生活中这样的事情也比比皆是。一个病入膏肓的人还硬装自己有多么健康；明明已经不再年轻，非要人说自己青春依旧、妩媚可人；一个吃上顿没下顿的人，却要装出腰缠万贯、财大气粗的样子来。

有些时候，判断一个人需要有逆向思维，他说的反面可能就是答案。

说敲打

在平时的工作和生活中，经常出现这样的情况，即一件事情被泄密，或者家丑被外扬，又不知道是谁干的，或不便、不敢指出来的时候，往往在一定的范围内，有人会站出来发话了：是你们谁干的？你们为什么这么干？下次再干就把你们如何处置。我把这样的情景定义为"敲打"或"震慑"。

现在来分析一下，"是你们谁干的？"这是一个霰弹，打到了所有的人；"你们为什么这么干？"这个"你们"也是指向所有的人，而不是具体的某个人。绝大多数人没有干，还要被这样的诘问。其结果是，大家都成了被怀疑的对象，使得大家相互猜疑。真正的泄密者早有心理准备，自然有办法把目标引向别人。而没有关系的人也极尽撇清，唯恐遭到不白之冤。

在相当一段时间里，猜疑就像瘟疫一样，在这个范围里弥漫。鬼魅的氛围影响了情绪，也影响了事情的推进。

每每遇到这种情况，我就在想敲打的目的，是真想把肇事者揪出来，还是只想警告一下他。细想之下发现二者皆不可能。真正的肇事者不在乎被"敲打"，敲打只能引来窃笑。这样的敲打，只能证明声明人心里的没谱，且殃及无辜的人，使忠诚渐行渐远。

事实证明，还有另外两种情况：一种是看似最不可能的人恰恰就是始作俑者，表面的忠诚掩盖了内心的计谋；另一种是自编自导加自演，拍桌跳脚、义愤填膺地喊了半天的那个人，就是真真正正的幕后黑手。

所以，这样的敲打还是不搞为好，有证据直接找始作俑者摊牌，没证据还是不开口为佳。

被领导批评之后

遭到领导批评，起初会很不舒服，但过后换个角度想想，可能就会释怀了，反倒觉得这是一种价值体现。

这乍听起来好像很难理解，但仔细一想，能受到领导批评，首先说明自己还年轻，还有旺盛的精力从事工作，其次说明自己还健康，病榻上的人想让领导批评，都没有机会了。

被领导批评了，应该窃喜，这说明自己有能力独当一面，并且还干了主要工作，如果没有能力，干不了什么事情，或跟在别人后边打杂儿，连接受批评的份儿都没有，或者自己压根儿就不在领导的眼里，那样虽然没受到批评，反而比挨批心里更难受。

领导的批评应该坦然面对。如果领导批评得对，那说明自己工作没有做好，遭到批评理所应当，这次错了，好好改正，做到下次不犯。如果领导批评得不对，那就需要调整好自己的身心，如果总因批评而闷闷不乐，岂不等于用别人的错误惩罚自己吗？

当然我也不倾向于硬顶，有时勇敢也会害人，因为勇敢本身就有鲁莽愚蠢的基因。对待领导的批评也得讲究一点艺术，不管对错不妨先用诚恳的态度，先把批评承接下来，回头再慢慢消化，找出应对的办法。否则，你据理力争、不留颜面地把他顶回去，当时是你赢了，可能赢得也很风光，可是你想到没有，以后会怎么样，其结果一定是：现在赢，以后输，一次赢，次次输，代价会很大。

沟通

沟通太重要了。沟就是渠道，通就是通达。人不管是在工作中，还是在生活中，都需要沟通。对于自己的作为、作为的方式、作为的目的以及作为的结果，都需要不断地跟周围的关联方进行沟通，否则，就要遭到诟病，遭到掣肘，遭到误解，再怎么努力，也不会有好结果，甚至有了好结果，也不会有好的评价。

工作中，对上要汇报，同级要交流，对下要指点，对外要联络；生活中，夫妻间要倾吐，对父母要请安，对子女要教育，对朋友也要时不时地打个电话。不然的话，就会出现这样或那样的问题，白付出不说还要引来各种各样的非议。

沟通还要注意时效性，及时是沟通有效的必要条件。过时就没有意义，所以，沟通不能拖，拖就等于葬送沟通的生命。

惩罚与宽恕

惩罚可以让一个人悔过，宽恕可以让一个人改过自新；宽恕有时比惩罚更管用，人们往往是承受前者，期待后者。

不论惩罚还是宽恕，都体现出一种胸怀。狭隘的人和宽厚的人，会本能地做出两种对应的选择，让他弄错都不太容易，因为骨子里有一种叫注定的东西在左右他们，偶尔弄错一次，就要纠结好长时间，还要变着法地找补回来。

惩罚不当，可能招来记恨，宽恕不当也会导致蹬鼻子上脸。所以适当才好。

冷静与激动

　　平静才能冷静，冷静才能占据主动。激动会使人思维混乱，导致过激行为，之后便使人处于被动、处于劣势。主动者引导走势，步态轻盈，潇洒自如；被动者则是跟跟跄跄，气喘吁吁。前者常常占据上风，后者往往居于下水。平静、冷静对于一个人来说也不是一直能够做到的，人总有心情不好的时候，出现了激动的情况，说出了不理智的话，

怎么办？只好承担下来，接受这个现实，想办法去弥补，无法弥补的就得负起责任。果子再苦也要吞下去。在生活中可以这样，但在职场中则不然，处理不好，不但自己要承担责任，整个单位也要跟着受损失，所以在商业谈判时要把握住自己，把握住自己的语言和行为，冷静、从容，时时掌握主动权。

奴才与主子

　　有时称职的奴才和优秀的主子的角色是互换的，在这个场合是奴才，换了另外一个场合便是主子。做不好奴才的人也当不好主子。奴有奴的样子，主有主的架势。好主子就一定有好奴才的潜质。一般来说，要先当个好的奴才，才有资格当主子。最优秀的奴才也能是高高在上的主子。前者卑躬屈膝，后者趾高气扬；前者唯唯诺诺，后者飞扬跋扈。二者的转换圆润无痕。他们的特点是：弹簧脖子螺旋腰，头上插个风向标；撅着屁股挨踢，直起腰板踢人。这样的奴才你当吗？这样的主子你做吗？

奴才的精彩

奴才，顾名思义，既有奴性的一面，又有"才"，即奴到位的一面；有平日里的躬身垂首、低眉称是的时候，也有趾高气扬、颐指气使时候；既有无我奉献的时候，又有肆意索取的时候；既有晦暗的白日，又有精彩的夜晚。唯其"奴"才能立命，唯其"才"方致安身。阴阳昏晓，平衡得顺乎自然。要不社会上要有多少精神病和抑郁症患者。这么说，奴才也是社会和谐的一个不可或缺的东西。

奴才手中大多有点权，因为他侍奉的人，肯定是一方的主宰，这一点他判断得会非常精准，有用没用了然于"肚"（奴才是没有胸的），这也是"才"的一个体现。不管是出于可怜还是出于不忍，他伺候的那个人，总要放给他点权力，就像主人扔给摇尾乞怜那条哈巴狗的一根骨头。奴才手握权柄，那可了不得，无所不用其极，一定要发挥到极致才行。那权威的范儿，十足而"给力"，大有顺我者昌逆我者亡的架势，精彩，很是精彩。不然的话，他也无法平衡自己的内心，因为做奴才的时候，已经付出很多，甚至倾其所有，即使自己没有出卖别人也要有，或者干脆不动自己的专拿别人去做贡品，如今不找补回来，不管是经济还是精神，都是不答应的。

哈巴狗之所以为宠物

哈巴狗既不勤劳，也不能为主人带来效益，更不能看家护院，为主人保一居平安，那为什么它受宠呢？那是因为它常常摇尾，博得主人的欢心，也常常舔主人，以表忠心，赢得主人的青睐，所以主人很宠它，也喜欢逗弄它。往往它的可怜相，会让主人大笑，也会让主人对其生出几分怜悯。当然，它也不能错过向陌生人狂吠几声的机会，尽管躲在安全距离之外，还要偷觑主人的脸色，判断主人的态度，决定下一步的表现。

有的人也一样，没有能力，没有人缘，品行也不好，但却因为跟领导的关系很好，不时还能得到领导的表扬。这是为什么呢？这里边很有学问，但有一条是肯定的：会看领导的脸色，拍领导的马屁，会在领导面前表达忠诚。

最后的结论不知该不该下，也不知下得对不对：有的人和有的狗同属一科。

受贿与需要

受贿肯定与票子有关，不是明晃晃的票子就是物化的票子。但它总会有一层或多层的包装。感情的、感谢的、感动的，甚至也可能是感染的。说到底，行贿与受贿就是一种交易，它的媒介就是一张张色彩斑斓的票子。

受贿的这些人真的需要这些票子吗？不，多半不。因为真正能够受贿的，手中已经握有一定的权柄，并且历经了相当的时日，他的身家早已不是温饱的问题了，正常的或是非正常但没有触犯法律的渠道，已注满他的庭院、屋宇，包括他的脑袋。曾经高昂过的头颅一点点的低垂下去。这个时候的他，生活上肯定不需要那些票子。那为什么还要拿呢？可能不是生理的需要，而是心里的需要，受贿成为一种习惯，一种常态，自然得如同吃喝拉撒。

只有一张嘴，顶多是几张嘴，能吃多少？何况吃得太多是要得病的；只有一个身体，穿得也不可能太多，何况有些时候是不穿衣服的，不管是在自己的床上还是在别人的床上。当然，不穿衣服也不影响受贿，即是另外的一种受贿。

终于有一天他明白了，那一张张票子，就是一把把刀子，隐形，无痛，但锋利无比；那一堆堆金钱，就是一座座坟墓，说不定就会将他，和他的亲人、朋友乃至身边的人埋葬。这时，受贿，不是生活的需要，而是生死的需要。

说别人不好的人自己不一定就好

周围常常能见到谴责别人的人，其表情正义凛然，其声调慷慨激昂，仿佛世风日下，清廉之士，舍我其谁。其实，只要稍稍那么一观察，嘴脸就清晰了。他大骂别人是坏蛋、行径无耻的时候，并不是他有多好，而是因为自己干不成那个坏事，没有那个能力，或是没有干坏事的机会。看似清廉，其实清高的外表掩盖的是肮脏的灵魂。

在台上讲话，大义凛然，对时弊极尽鞭挞，嫉恶如仇，可一到台下，就换了一副嘴脸，比他台上鞭挞的对象有过之而无不及。

半遮半掩中，欲盖弥彰。心存的伎俩早已被周围的人知道，再弄贞节牌坊之类的把戏，只能愈加令人不屑和恶心。

人需要被重视

　　人需要被重视。谁都不愿意做一个可有可无的人，被重视、被需要体现了一个人的价值。重视孕育热情，热情产生干劲。一个好的领导，应善于利用和发挥"重视"这一工具，调动员工的积极性，使员工时时感到被重视、被需要，并努力工作、干好工作。领导应该多用正激励，多多表扬下属，在这方面不要太吝啬，应该少用负激励，尽量少批评下属，正激励总能收获笑脸，笑脸的背后便是进一步将工作干好的誓言，而批评一般收获的是辩驳和抵触，尤其当你的批评是错误的时候。表扬具有发散性，批评具有反弹性。看到别人价值的时候，其实就是体现自己价值的时候。

平衡

人生活在世上，就应该学会平衡，注重平衡。离开了平衡，人不能站立，不能行走，不能生活。身体上离开了平衡，那就是病，暴饮暴食，喜欢一样东西，吃个没完，不喜欢吃的东西一点不动，那肯定有问题，不说营养均衡，还要讲究个 ABC 吧，还得论个酸碱度吧；心理也得讲究个平衡，心理不平，也会得病的，而且要得大病。自己做出的成绩，领导看不到，或者别人干得不怎么样，反而领导大肆表扬。遇到这种情况，你不妨找找原因，是不是工作真的没有干好，如果不是，那么就要检讨一下其他方面，. 检讨之后自身都没有不对，那就说明你遇到了一个另类的领导。你没有投其所好，失掉人格，得与不得，人心自有论道。

人间万象，关系交织。在处理这些关系时，也要注意平衡。亲人有亲人关系，朋友有朋友关系，同事有同事关系。亲人之间处理不好就会有隔阂，有矛盾，落下闲话；朋友之间，处理不好就要疏离，就要诟病，甚至反目；同事之间处理不好也会有麻烦，跟这个好，那个看着生气，跟那个近，这个瞧上不高兴。但有些事情非人力可为，也不一定刻意把所有的心思都用在这些事情

上。不妨索性以不变应万变，人在江湖飘，哪有不挨刀。

用单纯的内心处理复杂的关系可能反倒简洁有效。

妥协不是失败

从自己的利益出发，开始时的诉求一定要充分，通过"主张—坚持—妥协"这样的博弈谈判达到自己的目的。在谈判中，坚持原则是一定的，而妥协也是必需的。因为起点比底线高出很多，形式上你在退步，但达成的目标仍然在底线之上，给人留有利益空间。这便是赢，只是赢得低调，赢得忍隐。若不妥协则交易达不成，如此则谈不上赢，即便是小赢也没有。结果不是妥协的问题而是失败的问题。所以说妥协是一门艺术，做好了它可能是开启成功之门的钥匙，做不好它也可能是自缢的绳索。为此，要好好运用它，让它与成功相连。

零和游戏中，看不到妥协。因为零和中的妥协意味着死亡。我不喜欢零和游戏。

零和游戏不适于商务谈判。商务谈判中，有妥协才有生存。

直接与委婉

迂回就是绕一下弯。生活中我欣赏直接，这样省事、简捷，对方也不累。现今社会提倡快节奏，绕来绕去会让人厌烦。现在的人，没有傻子。如果硬说人有区别，那就是有反应快慢之分，这倒是不能不承认的。但反应慢不等于不反应，或反应不过来，一旦反应过来了，下次见到你，他比谁都反应快，你想骗他，可能非常困难，所以说还是直接的好。

但生活工作中，也有不得不迂回的时候。一味地直接，不但不能把事情办好，还会让自己受影响。比如，领导说了错话，办了错事，做了错误的决定，你就当场一气纠正，一顿驳斥，那你以后的日子还会好吗？这个时候就要闭上嘴，低下头，待事后看看情形再说，否则，你伤了领导的面子，他还会赏你的脸吗？当然，大度的领导也有，他不但不生气，反而欣赏你，可这样的领导的确不多。

同事、朋友间的交流有时委婉也是必要的。尤其是不顺耳的意见和建议，太直接了接受起来是有困难的。本来很好的建议，人家也认可，可是提法不当，伤害到面子和自尊心，意见就不被接受了，效果就不好了。

得意与失意

　　人生在世，得意的时候要"敛"，失意的时候要"忍"。顺风顺水时，不要张狂，张狂不仅说明自己的浅薄，也会招致周围的妒意。这个时候，千万不要摆出小人得志、目空一切、舍我其谁的架势。越是这样就越是说明，目前的一切，不是凭借真本事，而是凭借偶然因素得到的。

　　失意的时候，要能挺得住，自卑、自怜只能导致更深的伤害。不要指望同情的眼泪，你见过眼泪救人的吗？也不要幻想旁边会伸出有力的援手。这个世界，锦上添花多，雪中送炭少。

　　真正有能力的人，是不会这样肤浅的。他沉稳、深邃，实实在在地做，稳稳当当地活，即使在逆境中也会坚强、坚毅和坚决。这样的人无疑会受到拥戴，得到仰慕。

由泡茶想到的

杯子里的茶叶，当水倒进去的时候，它们毫不犹豫地冲上来，蜂拥而至，个个争先。当过了一会儿，不知是因为拥挤还是自觉浮躁，又纷纷地沉入杯底，经浸润才慢慢地释放出甘甜和醇香。

人也有这样的特点，刚参加工作，往往不知天高地厚，飘飘然，谦卑的外表下，有一双审视挑剔的眼睛，觉得书本上的东西与现实不对茬，有时忍不住要发表一下高论，其结果可想而知，别说你的观点不一定对，就算颠覆不破，也不允许你这个乳臭未干的说三道四，异论难免就引来侧目和驳斥。碰了壁，吃了亏以后，才慢慢醒悟，一点点认识到自己的肤浅，书生气才一缕缕散去。职场中的水不是你一眼可以看到底的。

实践中的东西，远比书本上的复杂，职场也不是学校，聪明的人知微见著，茅塞顿开，在实践中验证理论，丰富理论，发挥作用，在社会这个大学里，受熏陶，受教育，慢慢的才能在职场、商场和官场中显山露水，趾高气扬。

在社会上行走，我倾向于融入，而不是另类，特立独行。棱角该有，否则就不成其为个性人，但棱角不是毛刺。棱角是性格的表现，毛刺是幼稚的表现。成器者需要棱角，而毛刺满身的人是不会成功的。有棱角的部件是整个机器运转不可或缺的，可能不被喜欢，但也不至于被抛弃，而毛刺则不然，必将被打掉、被磨光。

人以群分

人愿意跟性情相近的人在一起。性情迥异的人，别说共事、生活，就是走在路上都不愿意结伴。

所以，看一个人的素质高低，不妨先看看他（她）的朋友。一个素质高的人，所交的朋友一定是优秀的人；而一个素质低下的人，他的朋友一定好不到哪里去。

相交甚密的两个人，其素质一定不相上下。

这里所说的素质高低，是品行范畴，而不是"位置"高低。"位置"高的人不一定素质就高。

看一个人道德水准的高低，不要看他扮演什么样的社会角色，不妨看看他在家里是一个什么"位置"。哪怕他在慈善界再怎么有名气，但不孝敬父母，也是一个品德低下的人。前者是演戏，后者才是本质。

面对与逃避

人生中有许多的境况是要经历的，好的拥在怀里，不好的也要面对，抱着积极的态度，该经历的就得经历。不要背过脸去逃避，那样可能更危险。直面现实，冷静地面对，才能解决问题，解决之后，才能心安。背着包袱逃跑和有担当地迎战，是两种态度，会产生两种结果，换来的也是两种心境。

真正地面对，往往没有想象的可怕，解决掉，才是上策。逃避并不可耻，因为那是人的本能；面对却是可嘉的，因为克服本能需要勇气，也需要智慧。不论是生活的挫折，还是事业的打击，抑或是感情的伤害，面对强于逃避，即使结果如预料般的严重，面对后也是心灵的释怀。面对之时，便是重生的开始。放下也是一种获得。

争论与辩解

　　争论一般发生在与同级别的同事因观点或意见不统一时，辩解一般出现在被领导误解或认为领导的批评不对时。不管是争论还是辩解，最终是要失败的。如果你没理，当然要失败，这没得说。如果你有理，也会失败，因为你把别人驳倒了，让人失掉了面子，对方表面上认输，不说什么，可在心里打了一个结，在以后的日子里，你不留意脚下，就会被绊倒，退一步说，人家心怀大度，不给你使坏，但起码遇事他不再帮你，这是肯定的，这样你是不是还是输了呢？

　　跟领导辩解就更不用说了，他的意见已经说出口了，你想说他的不对，那不是不给领导面子吗？即使你真的说对了，又有别人在场，领导恰逢是个智者，哈哈一笑，不跟你计较，也有可能还表扬你两句，但你也千万别昏头，以为领导赏识你，以后的日子还长着呢，好事没你的份儿了，小鞋也随时给你备着呢。

　　与人争论，不要口无遮拦地否认对方，也不要触碰对方的底线。否则，你的争论与辩解非但不能达到目的，"流血"的反而是你自己。

　　我是个不能戒掉争论和辩解的人。

谈判讲究的是艺术而不是骗术

谈判讲究的是艺术而绝不是骗术。前者往往让人赞赏，后者常常令人鄙视。一个人要想活得踏实，一个公司要想走得长远，诚信应该是首要的。

谈判的目的是合作，而不是论输赢。互利才能长久，利己最终可能无己。生存是相互依存，无他便无我。独吞所有利益，谁会靠近你，与你共事共存？

艺术产生浪漫、孕育温暖，骗术滋生邪恶、萌生寒意。骗术一时的得逞预示着永久的失败，因为骗术终究会被识破，之后被骗之人便会躲着你，防着你，"传颂"你。一旦有机会，他（她）会把"欺骗"还给你，这也可能让你倾家荡产。

艺术在阳光下，骗术在阴暗里。

谈判的艺术就是妥协的艺术，不懂妥协就不懂谈判。而妥协也是要讲究真诚的。

没有利他成分的自利行为只能导致交换无法完成，或对交换形成破坏。

在经济交换的过程中，过度的自利行骗，即使不是品质问题，起码也是短视的表现。对其前景的预期不言自明。